メディアワークス文庫

# 不遇令嬢とひきこもり魔法使い

## ふたりでスローライフを目指します

丹羽夏子

# 目　次

# プロローグ

その人は、人の魂を喰《く》らう、という。

ネヴィレッタは、馬車に揺られながら、ぼんやりとその人のことを考えていた。

いわく、広大な森を切《き》り拓《ひら》いた。

いわく、敵の砦《とりで》を破壊した。

いわく、敵の大隊を撃滅した。

それほどまでに強大な魔法をたった一人で構築できるのは、彼が周りの人間の魂を喰っているからだ。

馬車は森の中の道を進む。

木立は明るく、森の番人や木こりがまめに入って間伐しているのがわかる。時折木と木の間を小動物が駆け抜けていく。空も天高く澄み渡っていて、景色はまるでピクニックに来たかのような雰囲気だ。

しかし、今、ネヴィレッタは自分が巨人に頭からかじられることを想像している。文字どおり食べられてしまうのだ。体が強烈な痛みをともないながら引き千切られる。

でも、それはそれでいいのかもしれない。

ネヴィレッタには何もできない。誰の役にも立たない。それならばいっそ魔法使いの養分になって魔法として消費されるほうが、国のため、みんなのためになるのではないか。

自分の持ち物はこのちっぽけな体ひとつだけだ。最後にこの持ち物を捧《ささ》げてみんなの平和に貢献できるのなら、そのほうがいいのかもしれなかった。

馬車はいつの間にか開けたところに出ていた。正面の窓を見ると、右手に集落があるあたりにたどりついたのがわかった。土壁に囲まれていて、壁の向こうに民家が見える。少し行ったところに木枠の門があって、その正面に何もないちょっとしたスペースが設けられていた。

「馬車はここまでだそうです」

侍女がそう言った。ネヴィレッタは小さく頷《うなず》いた。

「行ってまいります」

顔を上げると、森の中、丘状に盛り上がっているあたりにちらりと白い壁が見えた。

スカートをつまみ、軽く裾をたくし上げて、道なき道を行く。

あの家だ。彼が住んでいる家だ。自分はどうしてもあの小さな家を訪ねなければならない。

足が震える。だが、決して立ち止まらない。たとえ喰い散らかされて物言わぬ存在になろうとも、自分には、果たさねばならない使命がある。

家が近づいてきた。

ネヴィレッタは、おや、と思った。

想像していたのとはちょっと雰囲気が違う。

こうして目の前に来るまで、ネヴィレッタは、鉄の柵で囲われたおどろおどろしい屋敷を思い描いていた。

しかし実際に近くに来てみると、白く塗られた壁は明るく、手入れされた赤い瓦屋根、繊細な黒い鉄の枠がはめ込まれた明るい色調の木材の扉、きちんと磨かれたガラスの窓の中には清潔そうな緑色のカーテンが見えた。扉の左右には季節の花が咲く植木鉢が置かれている。おしゃれだ。もうひとまわり大きければ、貴族の邸宅の離れに見えたかもしれない。

スカートの裾を直してから、玄関の扉の前に立った。

勇気を振り絞って、鉄製のドアノッカーをつかみ、こんこん、と音を出した。

頭の中で十を数えた時、内側から扉が開いた。

「はい」

出てきた人物の姿を見て、ネヴィレッタは目を丸くした。

滑らかな白皙《はくせき》には若い男性特有の脂ぎったところがない。涼しげな目元、二重まぶたの中にはオリーブのような黄みのある緑の瞳が埋まっている。すっきりと整えられた眉にさらりとした金茶の前髪がかかっていた。肩より少し長い後ろ髪はゆるやかにひとつに束ねられている。形の良《い》い鼻と口は絵画に描かれた神の御子《みこ》のようだ。背はすらりと高く、足が長い。全体的に細身だが、立ち姿が整っていることから体幹はしっかりと鍛えられているのがわかる。

もっと熊のような大男が出てくると思っていたのに、目の前に現れたのは、ネヴィレッタがその十九年の人生で出会ったどの男性よりも美しい人だった。

「何か用？」

——これが、魂喰《たまく》らいエルドと無能のネヴィレッタの、はじまり。

# 第1章

# 1

事の発端は二人が出会う前日の夜にさかのぼる。

その日も、ネヴィレッタは、そろそろ夕飯の支度ができあがると聞かされて、自らの運命が変わることを知らぬまま食堂に向かっていた。

いざ食堂についてみると、誰もいない上、真っ暗だった。カーテンは閉ざされており、月の光すら差し入ることはない。

とはいえ、これもいつものことだった。ネヴィレッタはいつもここで突っ立って待たされる立場だ。自分は彼らが優秀であることを確かめるための踏み台で、決して家族の団欒《だんらん》に招かれたわけではない。

この家庭では、こういう場面で明かりをつけるのは家族の誰かの役目だ。使用人にはやらせない。家族の誰かがちょっと気持ちを傾ければいいだけのことで、余計な手間や時間をかけさせることはなかった。心優しい侯爵家一同の使用人たちへの思いやりだ。同時に、彼らの日常における些細《ささい》な連帯感の表明でもある。これができることこそ、侯爵家の一員の証《あかし》なのだ。

廊下側には明かりがついているので、食堂には扉の分だけ四角い光が落ちている。

そこに、人型の影がふたつ現れた。

次の時、食堂の中に小さな明かりが灯《とも》った。ひとつ、またひとつと光が宙に浮かぶ。

よく見ればその正体は蠟燭《ろうそく》についた炎だ。いくつもの蠟燭が長い食卓の上に並んでいる。それに一個ずつ火が灯されていく。無人の食堂が徐々に明るくなっていく様子は幻想的で、たいへん美しかった。

振り向くと、そこに二人の人物が立っていた。二人とも朝焼け色の瞳に夕焼け色の髪で、整った顔立ちをしている。一人はネヴィレッタより少し若い少女で、もう一人は年齢不詳の貴婦人だ。

蠟燭のほうを指差していた少女が、目を細め、唇の端を吊《つ》り上《あ》げた。

「お姉さまは相変わらずこの程度のこともできないのね」

ネヴィレッタは自分の指先がかすかに震えるのを感じた。けれど、黙ってその言葉を受け入れた。彼女、異母妹のヴィオレッタの言うとおりだ。自分には蠟燭に火をつけることすらできない。

「いつも見ているだけ。お可哀想《かわいそう》に」

ヴィオレッタはそう言ってから食堂の中に入っていった。ネヴィレッタを振り返ることはなかった。

彼女の後ろを、貴婦人がついていく。

この人はヴィオレッタの母親だ。正確には、ネヴィレッタからしたら継母《ままはは》、父の後妻に当たる女性で、名をフィラータという。

「邪魔よ。いつまで突っ立っているの」

ネヴィレッタは慌てて一歩引いて彼女のために道を作った。

「あら」

フィラータが食卓の上を見て呟《つぶや》く。

「ヴィオレッタ、一本つけ忘れているわ」

食卓の中央にある大きな一本に火がついていなかった。他の全部に火がついているので部屋の中はもう十分明るいが、一番大きな一本だけ無灯火というのは少々違和感がある。

席につこうとしていたヴィオレッタが、「いやだ」と言いながら立ち上がろうとした。

「うっかりしてしまったわ。すぐつけるわね」

フィラータが目を細めて我が子を見る。

「あなたは時々ぬけているわね。でもいいわ、そういうところもご愛嬌《あいきょう》よ」

そして、不意にネヴィレッタの手首をつかんだ。

「お前がつけなさい」

ネヴィレッタは急いで首を横に振った。

「申し訳ございません、わたしにはできません」

今日も何も感じられない。頭に何も浮かんでこない。無能の自分にできることは何もない。

そんなネヴィレッタに、彼女はこう言い放った。

「魔法でつけられないなら、他の蠟燭から手で移しなさい。ヴィオレッタが火をつけてくれた蠟燭が他にたくさんあるのだから、そこから火を取ればいいでしょう」

「え、でも」

どの燭台《しょくだい》も取っ手がついていない。蠟燭を動かす必要がないからだ。家族の誰かが魔法で火をつけることがわかっているので、誰も手動で火を移すことを考えていないのである。

「でも、ではありません。口答えする気？」

フィラータは、左手でネヴィレッタの手首をつかんだまま、右手に持っていた扇でネヴィレッタの頭を打った。扇の木の棒がしなって、ネヴィレッタのこめかみを叩《たた》く。裂けたのではないかと思うような痛みを感じたが、それこそ訴える権利はない。ネヴィレッタはまた「申し訳ございません」とだけ言った。

「さあ、蠟燭を持って」

手首を引っ張られる。近くにあった蠟燭に近づける。

指先が溶けた蠟《ろう》に触れた。

直接炎に触れたわけではないのに、焼けたような痛みだった。

怖い。

「ごめんなさい、ゆるしてください」

蠟が指先に垂れる。火傷《やけど》しそうだ。ひりつく。指が燃えてしまうのではないか。

「ほら、早く」

蠟燭がどんどん短くなっていく。

手に炎が迫ってくる。

炎が揺れる。

血の気が引く。

「おゆるしください、おゆるしくださ――」

「何をしているんだ？」

若い男性の声が聞こえてきた。それを聞いたフィラータはすぐにネヴィレッタの手首を離した。ネヴィレッタもすぐに蠟燭から指を離した。

指に白い蠟がこびりついている。反対の手でこそぎ取ると、下から出てきた皮膚は真っ赤に腫れ、その中央部が白くなっていた。それを見たフィラータが鼻で笑った。

「お前はたかだかこんなことでそんな傷を作ってしまうのね」

これもまた遠回しにお前はこの家族の一員ではないと言っているのだ。なにせ、本当にこの家族の一員なら、素手で炎に触っても火傷にはならない。太陽に祝福されているからだ。

ネヴィレッタだけが祝福されていない。

じんじんと痛む指先をもう片方の手で隠しながら、声の主のほうを振り返った。

食堂に入ってきたのは、兄のマルスだった。やはり夕焼け色の髪に朝焼け色の瞳をした青年で、背が高く、鍛えているぶん筋肉質だ。まるで彫刻のような美男だとよく言われているらしい。らしい、というのはネヴィレッタが誰かから聞いたわけではなく侍女たちの会話から漏れ聞こえたことだからで、ネヴィレッタに直接兄の評価について語ってくれた者はない。

彼は、ネヴィレッタを一瞥《いちべつ》すると、溜息《ためいき》をついた。

「とりあえず座れ。夕飯が終わったら手当てを受けるように」

火傷をしたことのない彼にこの痛みは伝わらない。けれど逆らえなくて、ネヴィレッタは「わかりました」と頷いて食卓の末席についた。

当然ながら、マルスは当主の次の席、フィラータはその向かい、ヴィオレッタはフィラータの隣と、一番奥の当主の席の近くに固まっている。ネヴィレッタだけが、マルスからみっつも置いた端の席にいる。文字どおりおこぼれにあずかる部外者に、当主の近くへ行く資格はない。

ややあって、一家の長であり一族の長でもある父ハリノが部屋に入ってきた。この家の頂点どころか国家の幹部にまで上《のぼ》り詰《つ》めた彼は、最後に入室して最初に給仕してもらう権利がある。家族と同じ朝焼け色の瞳に白髪交じりの夕焼け色の髪をした彼もまた、もうすぐ五十になろうという年齢を感じさせないほど姿勢が良く、体格だけならまだまだ現役に見えた。

給仕係たちがようやく入ってきて、一家の食事の準備を始めた。まだ湯気の立ちのぼる作りたては当主から、次に当主夫人、次期当主であるマルスの後に末っ子のヴィオレッタ、そして最後、一番目に作られて冷めたスープがネヴィレッタに与えられた。

「今日も家族全員で食事をとれることを神に感謝致します」

ハリノが祈りの言葉を捧げる。

ネヴィレッタも、感謝しなければ、と思った。ネヴィレッタもまた一応朝焼け色の瞳に夕焼け色の髪をしているから、こうして食事を与えてもらえる。そうでなかったら今頃これすらなかったのだろうから、自分は幸運な娘なのだ。

家族の団欒が始まる。四人分の明るい声が響く。ささやかな事件事故に彩られた穏やかな日常を互いに報告しては笑い合う。何でもない平和で幸福な日々は四人の人生を豊かなものにしている。

それを聞きながら、ネヴィレッタは胃の中に食事を詰め込む。

ネヴィレッタにとって食事は栄養補給だ。意味のない生をつなぐための必要最低限の行為である。冷めた高級食材はろくに嚙《か》まれもせずネヴィレッタの体の奥に落ちていった。作ってくれた人に申し訳ない、料理人にも食材の生産者にも、こんな自分に食べられてしまうとはなんと哀れなことか。ごめんなさい、ごめんなさいと考えながら、それでも虚無を満たしたくて臓腑《ぞうふ》に収めた。

ネヴィレッタがサラダを食べ終わった頃、四人の会話の雰囲気が変わった。

「ところで、ヴィオレッタに折り入って頼みたいことがある。少し聞いてくれないか」

父が言った。ヴィオレッタがナイフとフォークを持っていた手を止める。

「どうしたの、お父さま、急に改まって」

「詳しくは話せないが、外交上の問題でちょっと気にかかることがあるのだ」

「外交？　政治の話？」

「そうだ。もしかしたら、魔法騎士団が出動になるかもしれない」

魔法騎士団とは、彼が団長を務める国王直属の武力集団である。

フィラータが険しい表情をして訊《たず》ねた。

「危ないことが起こりそうなの」

その声には、魔法騎士団に所属する夫や息子への心配が表れている。彼女が優しい妻、優しい母であることを想起させた。

「いや、今はまだ可能性があるというだけの話だ。だが、何事も備えあれば患《うれ》いなしというだろう。万が一のために抑止力になるものを準備しておきたい」

「抑止力とは？」

「エルドだ」

空気がひやりとした。全員が手を止め、当主である父を見た。ネヴィレッタだけは構わず肉料理を切り分け始めた。家族ではないネヴィレッタには関係のない話だ。自分に今求められているのは早く片づけて部屋に帰ることだろう。

ネヴィレッタを通り過ぎるように四人が会話を再開する。

「エルドって、あの、最強の？」

「そうだ。我が国最強の魔法使い、最高にして最悪。彼の出番がふたたび来る」

どうやらエルドというのは人名だったらしい。抑止力になるもの、準備しておきたい、という言い方をするから、兵器か何かの名称かと思った。

それにしても、最高にして最悪、というのはすごい表現の仕方だ。魔法騎士団で経験を積んだ父がそこまで言うとは、よほどすごい相手らしい。

「それで、わたしに何をしてほしいと？」

「彼を中央に連れ戻してほしい」

「中央にって、王都に、ってこと？」

「そうだ。具体的には、魔法騎士団に、だな。彼にもう一度魔法騎士として活動するようはたらきかけてほしいのだ」

「え、わたしが？」

ヴィオレッタの声に不満そうな色が滲《にじ》む。

「エルドは今フラック村の近くで一人暮らしをしていて、社会との交流を断っている。心を閉ざして、ひきこもっているらしい。そこに会いに行って、話をしてくれないか」

「どうしてわたしが」

「決まっている」

父の声は明るく、自慢の娘を誇りに思う気持ちと不満げな娘を愉快に思う気持ちが表れていた。

「お前が人一倍可愛《かわい》いからだ。愛嬌があって、顔立ちも美しい。エルドだってあれでも若い男なのだから、お前のような美少女が甘えてきたらきっと態度を変えるだろう」

「ええ、なにそれ。ちょっと気持ちが悪いわ」

今度は兄が言った。

「ゆるしてくれ、ヴィオレッタ。俺も何度も行ったんだが、毎回冷たく追い返されてしまってな。魔法騎士団の人間では取り付く島もないので、誰か別の人間を、と。そうなった時、一番信頼できる外部の人間は、お前だから。お前なら見た目で俺の妹だとわかるから、まるっきりあかの他人でもないし」

「まあ、そうねえ」

「巷《ちまた》ではいろいろ言われているけど、気にしなくていい。相手も一応人間だ」

「でも……、ちょっと怖い」

ヴィオレッタの声がわずかに震える。

「大勢の人を殺した、最強、なんでしょう」

他の三人が、一瞬無言になる。

「あの、魂を食べるという。他人の魂を使って魔法を使うという、魂喰《たまく》らいのエルド、なんでしょう？」

少し間を置いてから、マルスが「噂《うわさ》を真に受けるな」と言った。声はやけに明るく装われている。それに、先ほどの変な間はいまさら取り消せない。

「一応人間だ。そして、一人で広大な森を切り拓いて、一人で敵の砦を破壊して、一人で敵の大隊を撃滅した、国の英雄だ」

同じことを繰り返して念押しした。

ネヴィレッタは、大変だな、と思いながら肉料理の最後の一切れを食べた。他人の魂を使って、魂を食べて魔法を使う。想像もできない世界だった。

けれど、ネヴィレッタには関係ない。なにせネヴィレッタは恥ずかしくて家の外に出せない存在なので、その魂喰《たまく》らいのエルドとやらとも会う機会はない。

ネヴィレッタにとっては、この屋敷の中が世界のすべてだ。

「それ、断ったらだめ？」

「レナート王子から頼んでほしいと頼まれているからなあ。レナート王子のご下命に背くわけにはいかない」

「困ったわ。わたし、ちょっと気が進まない」

「大丈夫だ、ヴィオレッタ。お前はどこに出しても恥ずかしくない立派なレディなのだから、胸を張って堂々と訪ねていきなさい」

給仕係がネヴィレッタの前から皿を取った。これで今日の食事は終わりだ。

ネヴィレッタにはデザートはない。たとえば丸いケーキを焼いたとして、ケーキは四等分にされるのがもっとも自然で美しいからだ。

「ごちそうさまでした」

小声でそれだけ言い残して、ネヴィレッタは席を立った。

## 2

魔法とは、自然の中を巡る気を自分の体内に取り込み、自分の体内にある魔力と呼ばれる気と融合させて再構築した上で放出する術のことである。

どんな気を取り込めるかは、生まれつき決まっている。そして、放出した時に発現する能力も、人によって決まっている。この国では、その発現の仕方をもとに魔法を使える人間を四大元素になぞらえて四種類に分類していた。火属性、水属性、風属性、そして地属性だ。

魔法の発現の型式は人によってさまざまだが、半分は生まれつきで、もう半分は魔法学校での訓練で習得するものだと言われている。しかし、代々魔法使いを輩出する家系となると、親兄弟と生活する中で自然と魔法の型式ができあがってくるものだ。親兄弟が強力な魔法使いだと、子供も強力な魔法使いになる。

そうして生まれ育った魔法使いを集めて戦闘訓練を施し軍人にするのが、魔法騎士団である。

魔法騎士団は選び抜かれたエリート集団だ。豊富な魔力、精緻な型式、そして魔法使いを輩出する家柄——魔法使いとして求められる理想の要素をすべて兼ね備えた戦闘能力のある魔法使い、すなわち魔法騎士の組織である。魔法騎士は貴族として認められ、国王直属の軍人として大事にされていた。

ネヴィレッタの家であるオレーク侯爵家は、火属性の魔法騎士の家系だ。このガラム王国が成立した時に王とともに戦った魔法使いの子孫であり、いつの代も強力な魔法騎士を生み出してきた。今はネヴィレッタの父が魔法騎士団の団長を務めており、近い将来兄マルスが家督とともに団長の地位を継承することを約束されていた。

魔力を保つために血族の中での結婚を繰り返してきたこともあり、オレーク侯爵家の生まれる子供はみんな火属性の魔法が使える——はずだった。

夕食の後、自室のベッドの上に転がってぼんやりしていたところ、ドアをノックする音が聞こえてきた。いつにないことに驚いたネヴィレッタは、一瞬全身を震わせた。誰かがこの部屋を訪ねてくることはほとんどない。

ゆっくり起き上がって、か細い声で「どなた？」と問い掛けた。

かえってきたのは妹のはつらつとした声だった。

「わたしよ、お姉さま」

何の用だろう。彼女がわざわざ姉のもとに来るなど、めったにないことだ。何か大変なことが起こっている気がして、ネヴィレッタは慌ててドアを開けた。

廊下に、ヴィオレッタが立っている。すらりとした手足、ぴんと張った背筋、全体的に均整が取れていて美しい。それに比べてネヴィレッタはいつも背中を丸めてうつむいている。

「中に入ってもいいかしら」

嫌と言えなかった。断る理由もなかったし、断る権利もない。この家はヴィオレッタとその家族の屋敷であり、ネヴィレッタは居候も同然の存在だ。唯一気の休まる自室に踏み込まれるのはあまり歓迎したいことではなかったが、ネヴィレッタは無言で一歩下がった。

ヴィオレッタが、部屋の中に入ってきて、後ろ手に扉を閉めた。

薄暗い部屋の中で、彼女の白く美しい顔がランプの炎に照らされる。この炎は、ネヴィレッタが廊下に置いてある装飾用の蠟燭から譲り受けたものである。

「相変わらず何もない部屋ね」

部屋の中を見回す。そこにあるのは、ベッドがひとつと、ベッドサイドのチェストがひとつ、机と椅子が一対だ。奥にウォークインクローゼットもあるが、ドレスは夏用が三着と冬用が二着を着回しており、靴は通年一足を履き続けているので、中はすかすかである。ヴィオレッタの部屋はどんな感じなのだろう。だがそれこそ入ってはいけないので想像がつかない。

ネヴィレッタは、腹の前で両手を組み合わせて、緊張を押し隠しながら口を開いた。

「どうしたの、ヴィオレッタ。何かあったのかしら」

おそるおそる訊ねると、ヴィオレッタはにっこりと笑った。可愛らしい笑顔だった。

誰にでも愛される、可愛くて美しい、自慢の妹だ。

「あなたにお願いがあるの」

頼みごとをしてもらえる。

そう思っただけでネヴィレッタは舞い上がる気持ちだった。

彼女は、この出来損ないの姉にも何かできると思ってくれている。

「どうしたの。何をすればいいの」

次の時、ネヴィレッタは目を丸くしてしまった。

「わたしのかわりに魂喰《たまく》らいに会ってきてほしいの」

先ほど父がヴィオレッタに頼んでいた話だ。彼女だからこそ、と言って頼み込んでいたことだ。それが、ネヴィレッタに回ってきた。

「どうして？　お父さまは、それをとても名誉なことのように言っていた気がするのだけど」

しかし、ヴィオレッタは少し下を向いた。長い睫毛《まつげ》が白く滑らかな頬に影を落とす。

「この顔がいいのだったら下位互換のあなたでもいいじゃない」

唖然《あぜん》とした。

「わたしより陰気だけど、顔のパーツは一緒だと思うのよ。色合いも姉妹でお父さまと一緒だし、誰が見てもあなたがオレーク侯爵家の人間であることはわかると思うわ」

「それは、そうかもしれないけど」

「ねえ、お願い」

彼女が顔を上げる。甘やかな声で迫ってくる。

「わたしは魔法使いなんだもの、何をされるかわからないわ。ふたつ名のとおり、魔力を奪って食べてしまうのかもしれないじゃない？　お父さまとお兄さまはああ言っていたけれど、わたし、不安なの」

そして、一歩、こちらに近づく。

「あなたなら魔力を食べられても問題ないでしょう？　だって、使えないのだもの」

彼女の言うとおりだ。

ネヴィレッタは魔法が使えない。火属性の名門オレーク侯爵家に生まれながら、炎を操る能力がなかった。

周囲の人間が言うには、ネヴィレッタは生まれた時から一度も魔法を使えたことがないらしい。とはいえ、幼少期に魔力をうまく制御できないことはよくあることなのだそうで、物心がつくまでは、いつか魔法を使うようになることを念頭に置いてそれなりの教育を受けていた。だが、ネヴィレッタは、本来なら魔法学校に入学するはずの七歳になっても何もできなかった。

その頃までは両親もまだ優しかった。この家に生まれた以上は大なり小なり魔法が使えるはずだと信じて、特別な訓練を課したり、高価な魔法薬を取り寄せて飲ませたりしていた。しかし何をしても実を結ばず、二人の心は次第にネヴィレッタから離れていく。だんだん疎んじるようになり、魔法を使えない落ちこぼれと呼ばれることが増えていく。最終的に決定打になったのは、魔法学校の入学考査の時、健康診断で魔法医から言われた言葉だ。

——魔法は生まれつき体の中に発現の回路があるはずなんだけど、この年になっても使えないようじゃ一生芽が出ない可能性が高いね。いくら魔力があっても、これではどうしようもない。

その直後から、フィラータの態度が変わった。それまでは、先妻の子供であってもオレーク侯爵家の一員として生を受けた以上は、と優しく接してくれていたが、目をかけていたぶん失望による反動が大きかったらしい。やはり非魔法使いの娘は、と蔑むようになったのだ。

ネヴィレッタとマルスの母親は、魔法使いではなかった。この国には、魔法騎士団とは別に、一般人で構成された騎士団がある。その国立騎士団の関係者の娘で、父とは恋愛結婚だったそうなのだ。その女性がネヴィレッタを産んだ時の産褥熱《さんじょくねつ》で亡くなり、本来正式な婚約者であったオレーク侯爵家の親戚の娘であるフィラータが魔法使いの家系の人間として嫁いできた。そういう経緯《いきさつ》で魔法使いであることにこだわっているフィラータは、優秀な魔法使いであるマルスの存在は認め、非魔法使いであるネヴィレッタの存在は否定した。

何もかも自分が悪いのだ、とネヴィレッタは思う。魔力があっても魔法を使う回路がない、ということは、素地はちゃんと遺伝しているのにネヴィレッタ個人にセンスがない、ということだ。オレーク侯爵家の血は間違いなく引いているのに、個人として欠陥がある。事実兄は立派な魔法騎士となって活躍している。

フィラータの、オレーク侯爵家の面汚し、という言葉が頭の中にこびりついている。

「むしろ、あなたのなけなしの魔力をプレゼントしてあげるといいわ。喜んで魔法を使ってくれるかもしれない」

ヴィオレッタは、名案を思いついたとでも思っているのか、明るい声を出した。

「食べられてきてよ。わたしの代わりに」

魔法使いの魂を食べる——魔力を食べる。具体的に何をどうするのだろう。

怖い。

存在価値がないと言われても、ネヴィレッタは死ぬことだけは恐ろしかった。このまま細く長く生きてひっそりと生を閉じることを望んでいた。痛いことや苦しいことはごめんだ。

先ほどの火傷が痛んだ。誰にも手当てされることのない水ぶくれは、ネヴィレッタのオレーク家におけるすべてを表していた。

「なによ、その顔」

ヴィオレッタの顔から、表情が失われる。

「嫌なの？　わたしがわざわざ直接出向いて頼みごとをしてあげているのに」

「そんな、こと……」

「王子の頼みだってお父さまが言っていたじゃない。国家の存亡に関わることかもしれないのよ。たまには役に立ってよ」

手が震える。

痛いことや苦しいことは嫌だ。怖い思いをしたくない。

けれど、この可愛くて優秀な妹が痛いことや苦しいことに直面して怖い思いをするのは、もっとよくないことだ。

「わかったわ」

小さな声でこたえて、頷いた。

「わたし、会いに行ってみる。この顔の女の子でいいのなら、きっと、わたしでもいいんでしょうし……」

「そうよ、その意気よ」

ヴィオレッタがまた微笑《ほほえ》んだ。

「じゃ、さっそく明日、よろしくね。あ、お父さまには内緒にしてちょうだいよ。って、あなたがお父さまと会話する機会なんてないか。安心安心」

彼女はそう言うと弾む足取りで部屋を出ていった。ネヴィレッタは、部屋の真ん中に突っ立ったまま、ドアが閉まるのを見ていた。

3

翌日の昼、ネヴィレッタはお目付け役の侍女と二人で馬車に揺られていた。目指すはフラック村だ。外国に通じる大きな街道の途中にある村らしい。そんな村があることをネヴィレッタは今侍女から聞いて初めて知った。

ネヴィレッタはこの国の地理のことがほとんどわからない。魔法が使えず、魔法学校への入学を断念した後、両親はネヴィレッタを普通の学校にも入れなかったからだ。オレーク侯爵家から非魔法使いが出たことを極力秘密にするためである。

家庭教師からある程度の教育を受けることができたが、家庭教師もみんな魔法騎士団の関係者だったので、非魔法使いのネヴィレッタに冷たかった。鞭《むち》で打たれるのが怖くて必死に勉強したが、できの悪いネヴィレッタに疲れた家庭教師たちは、一人、また一人と辞めてしまった。気がつくと、誰も、何も残っていなかった。十二歳の時、マナーのレッスンに来ていた女性が退職したのを最後に、ネヴィレッタは学ぶことをやめてしまった。

王都ローリアを出て、大きな街道を一路東に進んだ。途中二度大きな宿場町の市壁を抜けるために身分証明を求められたが、ネヴィレッタはどこからどう見てもオレーク侯爵家の人間である夕焼け色の髪と朝焼け色の瞳をしているので、足止めを食らうことはなかった。

馬車は森の中を少し急ぎ気味で進んでいる。早朝に出たのに、もう太陽が高くまで上がってしまった。

この間、ネヴィレッタは、ずっとエルドのことを考えていた。

いわく、広大な森を切り拓いた。

いわく、敵の砦を破壊した。

いわく、敵の大隊を撃滅した。

それほどまでに強大な魔法をたった一人で構築できるのは、彼が周りの人間の魂を喰っているからだ。

しかし、ネヴィレッタには、魂を喰う、という行為が具体的にどんな行動を指すのかイメージすることができなかった。

魂とは、いったい何だろう。きっと人体の中にある何らかの力を秘めたものなのだろうが、どうやら形のあるパーツではなさそうだ。形のないものをどこからどうやって取り出すのか。喰らうとは、食べるとは、いったいどんな行為のことを言っているのか。

馬車が森の中の道を進む。

正面の窓を見ると、右手に集落があるあたりにたどりついていた。おそらくネヴィレッタの肩ぐらいまでしかない土壁に囲まれていて、壁の向こうにスレート屋根の民家が見える。少し行ったところに木枠の門があって、その正面に何もないちょっとしたスペースが設けられていた。

「馬車はここまでだそうです」

監視係でもある侍女がそう言った。

「くれぐれも家名に泥を塗らない程度になさいますよう」

そして付け足す。

「そうでなくとも、あなたは恥ずかしい存在なのですから。余計なことは言いませんようとに」

ネヴィレッタは小さく頷いた。

この侍女も本当はついてきたくなかったのだ。

オレーク侯爵家に仕える人間は誰も真面目にネヴィレッタの相手をしたくない。特に直接侯爵家の人間に関わることの多い上位の使用人たちは基本的に魔法貴族なので、ネヴィレッタのことを見下している。

それでもついてきてくれたのは、ヴィオレッタに頼まれたからだ。

家の中の人間は家族以外もみんなヴィオレッタに甘い。使用人一同はみんな魂喰《たまく》らいに会って怖い思いをするかもしれないヴィオレッタを慮《おもんぱか》って、ネヴィレッタを犠牲にすることを選んだのだ。もしかしたら、彼女はネヴィレッタが逃亡しないよう監視しているのかもしれなかった。

「行ってまいります」

どうしても小声になってしまう。ぼそぼそと自信なくしゃべるネヴィレッタを、侍女は冷たく見つめている。

居心地が悪くなって、後ろを振り返った。

顔を上げると、森の中、丘状に盛り上がっているあたりにちらりと白い壁が見えた。

スカートをつまみ、軽く裾をたくし上げて、道なき道を行く。

あの家が、魂喰《たまく》らいが住んでいる家だ。どうしてもあの小さな家を訪ねなければならない。

足が震える。だが決して立ち止まらない。たとえ喰い散らかされて物言わぬ存在になろうとも、自分には、果たさねばならない使命がある。

家が近づいてきた。

ネヴィレッタは、おや、と思った。

想像していたのとはちょっと雰囲気が違う。

こうして目の前に来るまで、ネヴィレッタは、鉄の柵で囲われたおどろおどろしい屋敷を思い描いていた。

しかし実際に近くに来てみると、白く塗られた壁は明るく、手入れされた赤い瓦屋根、繊細な黒い鉄の枠がはめ込まれた明るい色調の木材の扉、きちんと磨かれたガラスの窓の中には清潔そうな緑色のカーテンが見えた。扉の左右には季節の花が咲く植木鉢が置かれている。おしゃれだ。もうひとまわり大きければ、貴族の邸宅の離れに見えたかもしれない。

スカートの裾を直してから、玄関の扉の前に立った。

油断してはいけない。可愛らしい家に住んでいるからといって、住人がどんな人間かはわからないのだ。

勇気を振り絞って、鉄製のドアノッカーをつかみ、こんこん、と音を出した。

頭の中で十を数えた時、内側から扉が開いた。

「はい」

出てきた人物の姿を見て、ネヴィレッタは目を丸くした。

滑らかな白皙には若い男性特有の脂ぎったところがない。涼しげな目元、二重まぶたの中にはオリーブのような黄みのある緑の瞳が埋まっている。すっきりと整えられた眉にさらりとした金茶の前髪がかかっていた。肩より少し長い後ろ髪はゆるやかにひとつに束ねられている。形の良い鼻と口は絵画に描かれた神の御子のようだ。背はすらりと高く、足が長い。全体的に細身だが、立ち姿が整っていることから体幹はしっかりと鍛えられているのがわかる。

もっと熊のような大男が出てくると思っていたのに、目の前に現れたのは、ネヴィレッタがその十九年の人生で出会ったどの男性よりも美しい人だった。

呆然《ぼうぜん》と彼を眺めてしまった。

この人が、魔法使いの魂を喰らって人を殺す魔法を使う人なのか。

そんなふうには見えない。美しいが、おどろおどろしいオーラを放っているわけではない。

ぼんやりしているネヴィレッタを見て、彼が眉根を寄せた。

「何か用？」

つっけんどんに問われて、ネヴィレッタははっと我に返った。

もしかしたらエルド本人ではないのかもしれない。着ている服装からしても農民と変わらない洗いざらしの木綿のシャツに麻のズボンだ。エルドが雇った使用人かもしれない。

「あの、どなたですか？」

「は？」

「わたし、エルドさんという魔法使いを訪ねてきたんですけど——」

「僕を訪ねてきて僕に誰って聞いてるわけ？」

本人だったらしい。失礼なことを言ってしまった。ネヴィレッタはうつむいて、反射的に「ごめんなさい」と言った。

「で、僕に何の用？」

友好的な態度ではない。焦ってしまう。頭の中が空回る。

「あの、わたし、あなたに会いに……レナート王子からの言いつけで……ちょっとゆっくり話ができる状況を作っていただけると嬉《うれ》しいんですけど……」

「家に上げてお茶出せってこと？　先ぶれなしにいきなり訪ねてきて？　いい度胸だね」

また失敗した、と思った時には後の祭りだ。

「帰って」

彼はそう言ってドアを閉めた。

手の平に汗をかく。

またやってしまった。自分はどうしてこんなにもだめなのだろう。何をやってもうまくいかない。

しかし、今日ばかりは簡単に引き返せない。父は外交問題がかかっていると言っていた。珍しく頼みごとをしてくれたヴィオレッタのためでもある。ここですごすごと引き返すわけにはいかない。

もう一回ドアノッカーで扉を叩いた。

今度はすぐには返事をしてくれなかった。

だが、ネヴィレッタも負けてはいられない。しつこく、三度、四度と叩いた。こんなに熱心にひとつのことに取り組むのは初めてかもしれない。それほど必死だった。この務めを果たせたら、もう少し、認めてもらえるかもしれない。

扉が内側から開いた。

「うるさい」

エルドが顔を出す。とてつもなく嫌そうな顔をしている。

「帰って。話すことなんてない」

「そんなこと言わないでください、レナート王子があなたを必要として――」

「僕はレナート王子が大嫌いなんで。帰ってお伝えください、僕はもう二度と殿下にお会いしたくありません、と」

閉めようとした扉の縁に手をかけた。エルドが「あぶなっ」と声を上げた。それでもむりやり扉を閉めてネヴィレッタの指を潰さないよう配慮してくれているところを見ると、悪人ではなさそうだ。

「そんなことしたら指を挟むでしょ」

「わたしの指の一本や二本いいんです」

決死の覚悟でエルドの顔を見つめる。

「ガラム王国の危機なんです。あなた、最強なんでしょう？　どうか助けてください」

エルドはネヴィレッタをじろじろと眺めた。やはり好意的な感じではない。

「どうせ殿下がそう言って情に訴えればなびくと言ったんじゃないの。僕はもう騙《だま》されないからね」

胸の奥が詰まる。

「そんな言い方……」

「なんならガラム王国は勝手に滅んでくれていいから。僕はこの国に何の未練もないので、次に戦争になったらとっとと外国に引っ越すよ」

拒絶されることは初めてではない。むしろ、ネヴィレッタの人生など嫌われることばかりだった。けれど、初対面の、ネヴィレッタが魔法を使えないのを知らない人にまでこんな態度を取られることはあまりなかった。

「冷たいことを言わないでください」

おのれを奮い立たせた。

それでも、今回ばかりは、背後に国家がかかっている。

そういう覚悟を、逆に、エルドはわかっているらしい。エルドが嫌いなのはガラム王国そのものに違いない。だから、ネヴィレッタが国のことを話すたびに引いていく。

「冷たいのはどっちだよ。ひとをさんざんこき使っておいて、最終的に僕に残ったのは戦争を終わらせたご褒美のお金だけだったよ。百歩譲って、殿下にはこの土地に家を建てることを許してもらったのは事実だけど、そんなの僕の働きで手に入った領土に比べたら微々たるものじゃないか」

知らなかった。そんな経緯があったのか。先の戦争はネヴィレッタが勉強することをやめてしまってから起こったことで、家の人たちの会話を盗み聞きして得たことしかわからない。

「この森でひっそりゆったり一人暮らしをすることを認めてくれたから譲歩して外国に引っ越さずにこの村にとどまっているのであって、次の戦争に付き合ってほしいというのなら僕は敵国の軍隊に入ります。あいにく僕の魔力量と実績なら転職に困りませんのでね」

エルドの剣幕に押されたネヴィレッタは、扉から手を離して後ずさった。

「君も聞いているんでしょう」

エルドの緑の瞳が冷たい。

「僕がどれくらい殺したか」

そこまで言うと、彼は扉を閉めた。

「さようなら」

ネヴィレッタはしばらく扉の前で突っ立っていた。

4

フラック村を出て王都ローリアのオレーク侯爵邸に戻ると、時刻はすっかり夕方だった。そろそろ秋に近づいている今日この頃、日の入りがどんどん早くなっている。

こんなに長時間外出しているのは久しぶりだった。もしかしたら、生まれて初めてだったかもしれない。ネヴィレッタはもうくたくたに疲労していて、何よりもまず寝たいと思っていた。

ところが、屋敷に入ってまず、玄関でヴィオレッタに捕まった。どうやら魔法学校の帰りらしく制服を着ている。どこかで馬車を見掛けてネヴィレッタが館の中に入ってくるのを待ち構えていたようだ。

「心配していたのよ。あんまりにも遅いから、食べられてしまったのかと思ったわ」

そう言って彼女はころころと笑った。まったく真剣みのない、上っ面だけの心配だった。それでも話し掛けてくれるのがありがたくて、ネヴィレッタは「ありがとう、ただいま」と返した。

「で、どうだったの？　魂喰《たまく》らいは。どんな様子だった？」

詰問するような様子で迫ってきたので、しどろもどろで答える。

「その、思っていたよりは、普通の男性だったわ。なんだかもっと恐ろしい見た目をしているのかと思っていたけど……綺麗《きれい》な顔立ちをしていて……でも特別なオーラを放っているわけでもなくて。食べるとか食べないとかは、何も言っていなかった」

ただ、いくつか気に掛かることを言っていた。ネヴィレッタは知らなかった、先の戦争の話だ。エルドは戦時中相当重要な役割をこなしていて、疲れ果てて王都を脱出したのではないか、と思った。

本当に魂を喰らっているかどうかは、わからなかった。けれど――

――君も聞いているんでしょう、僕がどれくらい殺したか。

あの台詞《せりふ》を聞いていると、もしかしたら本当に食べたのかも、と思わなくもない。他人の魔力を喰らい尽くして、ミイラにしてしまったのか。そしてその魔力で、敵国の軍隊を殲滅《せんめつ》したのか。

ネヴィレッタには具体的なことが何も想像できない、とても恐ろしい話だった。

「それで、帰ってきそうなの？」

ネヴィレッタはおずおずと首を横に振った。

「なんだか、レナート王子が嫌いだから言うことを聞きたくない、とか、また戦争になるならこの国を出ていく、とか、そういうようなことを言っていたわ」

「で、あなたは何て言ったの？」

答えに窮した。少し沈黙してしまった。

「なによ、早く話しなさい」

迫られて、ネヴィレッタは観念して言った。

「話し合う隙もなく、ドアを閉められてしまったの。すごく……、本当にすごくはっきりと、拒絶されてしまって……」

「あなたがどんくさいから、会話にならないと思われたからでなくて？」

何も言えずにうつむいたところ、後ろから声を掛けられた。

「黙って聞いていれば、お前ら」

振り向くと、背後に兄マルスが立っていた。彼も魔法騎士団の仕事からの帰りなのか、魔法騎士としての制服を着ている。火属性の部隊の人間であることを表す赤い騎士服だ。

彼は表情を硬くして姉妹の間に入ってきた。

「ネヴィレッタ、お前がエルドに会いに行ったのか」

その問い掛けに責めるような響きを感じて、ネヴィレッタは反射的に「ごめんなさい」と言った。

「事実なんだな」

ヴィオレッタが微笑み、兄のたくましい腕に手を回して、絡みつくように甘える。

「だって、お姉さまにもたまには外出する機会が必要じゃない？　ずっと家の中にいたら息が詰まってしまって可哀想だわ」

話が違う。彼女が魂喰《たまく》らいに魂を喰われたくないから行ってほしいと言っていたのに、いつの間にかネヴィレッタのためということになっている。ネヴィレッタは違和感を覚えたが、異議申し立てができるほど強くない。

兄は甘えん坊の末っ子の態度に目を細めた。表情が緩む。

「なんだ、お前、なかなか姉想《おも》いだな」

「だって、なんだかんだ言って、同じ髪と目をしている人だもの」

「優しい子に育ったな。俺も嬉しい」

そして、ネヴィレッタのほうを冷たい目で見る。

「それで、お前はヴィオレッタのそういう気持ちに応えられずにそんな暗い顔をしている、と」

　胸がちくりと痛んだ。

「ごめんなさい、お兄さま。お姉さまのこと、お父さまに報告する？」

「話がややこしくなりそうだな……聞かなかったことにしようか」

　この兄は日和見主義的な性格をしていて、複雑なことには触れたがらない傾向がある。家の中の女性たちが彼のいないところでどんなやり取りをしているのか知ろうとしない。

「それに、相手はエルドなんだろう。誰が行っても同じ反応をする気がするんだよな」

　兄とエルドは同世代のようだ。エルドが過去魔法騎士団に所属していたことがあるとなると、兄とも接点があったに違いない。兄はエルドに詳しいのかもしれない。国の英雄だと言っていた。彼がエルドの功績について語ったせいで余計ヴィオレッタの恐怖心を煽《あお》ってしまったわけだが、魂を喰らう怖い化け物ではなく、ただ見た目がひとより美しいだけの普通の青年であることを知っていたのだろう。

「子供の頃はあんなじゃなかったのに、戦争に参加しているうちにどんどん性格が捻《ね》じ曲《ま》がってしまって」

　マルスのそんな呟きに、ヴィオレッタが「気難しい人なのね」と言う。きっとなおのことネヴィレッタに押しつけられてよかったと思っていることだろう。

「父上の言うとおり、エルドが魔法騎士団に戻ってきてくれたらスムーズに進む話がいっぱいあるんだが、あそこまで嫌がっているのに家から引きずり出すのもなあ。それこそ怒りに火がついたら誰にも止められないぞ。あいつは本物の天才だからな」

そんな人の怒りを買おうとしていたのかと思うと、背筋が寒くなる。

「でも、王子さまのたっての頼みでもあるんでしょう？」

「そうなんだが……どうしたものか」

「お姉さまに行かせてあげて。いい気分転換になるでしょ、お姉さまにとっても、エルドさまにとっても」

ヴィオレッタがそうやって甘えると、マルスはふたたび目を細めて、「そうかも」と言った。

「母上にとっても、だろうな。こいつが家の中にいると息が詰まる。どうせなら、こいつに外出していてもらったほうがいいかもしれないな」

ネヴィレッタは、何かがすとんと自分の体の上から下のほうに落ちていく感じを覚えた。

自分がいるせいで家の中がぎすぎすしてしまい、兄にも不愉快な思いをさせている。

「まあ、口実は何でもいい。エルドに会いに行くと言って出掛けておけ。フラック村ならレナート王太子直轄領だから周りからつべこべ言われる心配もないし、いいだろう」

兄は比較的優しいほうだと思っていたが、内心ではこんなふうに思っていたのか。

それを目の当たりにして、ネヴィレッタの頭の中がどんどん冷めていく。

「出掛けるのに必要なものは俺が手配してやる。エルドの堪忍袋の緒を切らない程度に、なんとなく中央の話をしながら交流しておけ」

そして、こんなことを付け足した。

「いつも俺たちの会話を盗み聞きしているだろう？　ある程度状況はわかっているんじゃないのか」

ネヴィレッタは何も言い返せなくて、「はい」と答えて頷いた。

「わかりました。明日も、フラック村に行きます……」

「よし」

その夜、疲れ果てたネヴィレッタは夕飯を食べずに寝てしまった。

5

昨日の外出の疲れがまだ残っているような気はしたが、この状況でものんびり部屋で寝ていたいとは言えない。幸か不幸か兄の許可を得て外出しやすくなったこともあり、ネヴィレッタは今日もフラック村に向かう馬車に乗っていた。

フラック村の周辺は自然が豊かだ。森の左手に茂る木々の向こうには川が見え、右手の集落の向こうには山が見える。あの山を越えると、東の隣国に至るらしい。フラック村でさえ王都のオレーク侯爵邸からはるかかなた遠くに来たように感じているネヴィレッタにとっては、外国というのは物語の中にある異世界のように感じられた。

昨日の停車場に馬車を止め、馬車の中に侍女を残してエルドの家を目指す。

白い壁に赤い屋根の小さな家は、今日も明るく可愛らしくそこに存在している。

ふと、空を見上げた。

まだ青々と葉をつけたままの梢《こずえ》が青空を囲むように伸びている。夏の名残を感じさせる日の光を適度に遮ってくれる。

ここは静かで緑の豊かなところだ。エルドがここから出たがらない気持ちもわからなくもない。ずっとここでこうして空や森を眺めていられたら、幸せな人生なのではないか。

鳥の鳴く声で我に返った。

この国は今危機にある。何がどうなってそういうことになっているのかネヴィレッタにはわからないが、最強の魔法使いの力が必要だ。

それに、エルドを連れて帰ったら、兄や妹に認めてもらえるかもしれない。騎士団長である父も少しは考えを改めてくれるかもしれない。国を救ったとなれば、自分ももう少し胸を張って生きられるかもしれない。

家の前に立ち、ドアノッカーで扉を叩く。

返事がない。

もう一度ノックした。

やはり反応がない。

居留守だろうか。しかしネヴィレッタは今日また来るとは言っていないので、相手が誰なのかわかっていないはずだ。確認しに出てきそうなものだが、人間というものすべてを拒絶しているのだろうか。だったら昨日も出てこなかっただろうから、それはないかと考え直す。

ネヴィレッタは家の周りを歩き回ることにした。もしもエルドが居留守なら、裏に回り込んで庭から声を掛けようと思ったのだ。窓から家の中を覗《のぞ》き込んでもいい。令嬢らしくない下品な振る舞いだが、手段は選んでいられない。

エルドの家は小さい。玄関から数歩分で角まで来てしまった。

壁沿いに曲がる。

そこに畑があった。

耕された土に緑の植物が植えられ、茎や葉を伸ばし、赤や紫の実が数え切れないほどなっている。夏の野菜だ。日光を浴びた野菜は輝いて見えた。

夏野菜が植えられているのとは違う区画で、鍬《くわ》を振るって作業をしている人の姿があった。エルドだ。

彼は、木綿のシャツにズボン、首に引っ掛けた手ぬぐい、という農民のような恰好《かっこう》で土を掘り返していた。袖を肘の上までまくって露出している腕は意外とたくましい。

農作業に興味を惹《ひ》かれて、ネヴィレッタはしばらく無言でエルドを見つめていた。

一定の拍を刻んで土を掘り返していく。硬くなっていた土が柔らかくほぐれる。

ややあって、その区画を耕し終わったエルドは、壁に鍬を立てかけてから、大きく伸びをした。その表情は達成感に満ちていて、昨日のネヴィレッタと相対していた時とはまったく違う顔つきだった。

不意にエルドがこちらを向いた。

目が合った。

心臓が跳ね上がるのを感じた。

「なに見てるの」

また表情を硬くして、とげとげしい声を出す。

「何かおもしろい？」

ネヴィレッタはしどろもどろに答えた。

「お……おもしろかったわ。ひとが夢中で作業をしているところを見ていると、見ているわたしも夢中になってしまうみたい」

そう言うと、彼は呆気《あっけ》にとられた顔をした。そんな無防備な表情もできるのか、と思うと、彼の人間味を感じた。

彼のどこが魂を喰らう最強なのかわからなくなる。農作業に精を出す働き者の青年だ。人間だ。

「まあ、そうだね。夢中、かもしれない。土いじりが好きで」

エルドが、ぽつり、ぽつりと語り出す。

「地属性だからかな。自然に向き合っている時は、なんだか安心する」

ネヴィレッタは、それを聞いてはっとした。地属性――四大属性の中でももっとも数が少なく、絶滅危惧種と言われている。魔法騎士団でも、火属性、水属性、風属性の魔法使いはいるが、どうやら地属性の部隊はないらしい。エルドはそんな希少価値の高い魔法使いだったのか。

しかし、地属性とはどんな魔法を使うのだろう。火属性は炎を操り、水属性は水を操り、風属性は空気に干渉する。地属性というからには地面に縁があるのだろうが、エルドは鍬を使った手作業で土を掘り返している。

「で、何の用？」

エルドが問い掛けてきた。

「魔法騎士団には帰らないってば。何度言えばわかるの？　僕はここで自給自足の生活をするのに満足してるんだよ」

興味深い。腐っても令嬢のネヴィレッタは、食物は与えられるがままなのだ。

「自給自足って、食べ物を自分で作っているということ？」

「そうだよ。ここで野菜を育てて、近くの川で魚を捕って。まあ、肉や小麦粉はフラック村の人から買ってるから、手抜きでは、と言われたら反論できないけど。パンは自分で焼くからそれなりに――」

饒舌《じょうぜつ》に語り出したのでわくわくしてしまったが、エルドは途中で話すのをやめた。

「関係ないでしょ。僕の生活に立ち入らないでくれ」

自分から話したくせに、と思ったが言わなかった。ネヴィレッタはそんなことを言ってあげつらえるほど偉くない。それに、しゃべってくれるのはありがたかった。久しぶりに人間らしい会話をしている気がする。

「そこでも何か作るの？」

「じゃがいもを埋める。秋が終わる頃に収穫できる」

「埋めるの？　芽が出て実がなるの？」

「じゃがいもの増え方も知らないの？　これだからご令嬢は」

エルドが歩み寄ってきてうんちくを垂れ始めた。農作業には一家言あるらしい。

「いい？　じゃがいもというのは地下茎と言って地面の中で作られる栄養を蓄えた茎の

部分なの。そこから直接根や芽が出る。実じゃない」

「そうだったの……すごく勉強になるわ」

彼が目の前に立つ。

「春と秋に二回穫《と》れるんだ。すごく育てやすい作物で、涼しいところに安置すれば保存も利く。焼いてもいいし茹《ゆ》でてもいいし、主食にも主菜にもなる」

「自分で料理をするのね」

「今まで何を聞いていたの？」

「そういえばパンを焼くのよね……職人さんみたい」

「いや、僕ほんとパンを焼くのうまいよ。毎朝最高だなと思いながら食べてる」

思わず笑ってしまった。笑ったのなど何年ぶりだろう。この何年も人間と交流らしい交流をしてこなかったネヴィレッタにとっては、あまりにもおかしくて楽しくて愉快な会話だった。

「普段はパンやじゃがいもを食べているのね。人間の魂じゃなくて」

エルドが黙った。ネヴィレッタは言ってはいけないことを言ってしまったのに気づいて、一度唇を引き結んだ。息を吸って吐いてから謝罪する。

「ごめんなさい、わたし、余計なことを言ってしまった」

農作業を愛し料理を愛する、食べ物の価値をわかっている人間が魂を食べるという暴力的で冒瀆的《ぼうとくてき》な食事をするわけがない。

「その、本当に、ごめんなさい。わたし、変な噂を信じてしまっていたみたい」

彼はしばらくネヴィレッタを黙って見下ろしていた。こうしていると少し身長差を感じる。にらまれているようにも感じてしまって怖い。

恥ずかしくなってきた。

自分などが普通に会話をできると思い上がってしまったのが申し訳ない。なんと愚かなのだろう。

「ごめんなさい、わたし――」

その時だった。

近くから、大きな音がした。がたん、ががた、という、建てつけの悪い戸をこじ開ける音だ。それから、何かを漁《あさ》る、がさがさ、という音も続く。

「誰かいる?」

エルドが音のほうを見た。どうやらネヴィレッタが来たのとは反対の角から聞こえるようだ。

「倉庫だ」

彼が小走りで角のほうに向かった。一人で残されるのが不安で、ネヴィレッタはついその後ろをついていってしまった。

## 6

家の横に大きな木製の箱のようなものが置かれていた。高さはエルドの身長ほど、横幅も同じくらいの大きさの、立方体の小屋だ。どうやら倉庫らしい。

その引き戸になっている扉が開けられていて、中から子供の尻が見えた。

「何をしてるんだ！」

エルドがそう怒鳴ると、子供が振り返った。

やせこけた子供だった。初等学校の低学年くらいの男の子だ。膝が擦り切れているズボンをはき、袖がほつれたシャツを着ている。

落ちくぼんだ眼窩《がんか》の中の大きな目がぎょろぎょろと動いて、エルドとネヴィレッタを交互に見た。目の動き方といい蒼《あお》ざめた表情といい、彼の不安がありありと伝わってくる。

少年は彼の腕だと一抱え分になるほどの大きさの木箱を抱えていた。エルドが「あっ」と声を上げた。

「ちょっと、こら、何をしてるんだよ！　それは僕の大事なじゃがいもだぞ」

大股で歩み寄っていって、少年の手から木箱を取り上げる。少年はわずかに木箱を引っ張って抵抗したが、成人男性のエルドの手の力には敵《かな》わなかったらしく、手を離さざるをえなかった。

「泥棒」

木箱を足元に置いて、少年の腕をつかむ。折れてしまいそうに細い腕だ。

「領主館の役人に突き出してやる」

しかしそれを聞いた時、ネヴィレッタはかえっておかしくなって目をぱちぱちと瞬《またた》かせてしまった。

じゃがいもを盗もうとした悪童でも、食べてしまうわけではないらしい。普通の人間がするのと同じように、警吏に犯罪者を引き渡す。それがなんだか妙におもしろく感じたのだ。窃盗自体は悪いことだから、おもしろいと言うのは不謹慎だ。したがって絶対に口にしてはいけないとは思う。だが、それでも、魂を喰らう天才魔法使いエルドも一般市民と同じように暮らしているのだ、と考えると、何かが心の中にじわじわ滲み出てくる。

「離せよ！」

少年がエルドの手を振り払おうとする。しかしやせ衰えた子供の力ではどうにもならない。

「別にいいだろ、芋ぐらい！　お前、偉い魔法使いで金を持ってるんだろ？　芋ぐらい買い直したらいいじゃないか」

それでも威勢はいい。大きな声ではっきりとそう言いながら抵抗する。エルドは両腕を伸ばして、少年の両方の腕をつかんで押さえつけるように力を込めた。

「まあ、偉いかどうかは別として、魔法使いで金を持ってるのは確かだけど。他人様《たにんさま》の倉庫に忍び込んで芋を盗み出そうとする泥棒のすることを認めてやれるような徳の高い僧侶でもないんでね。親御さんにもきちんと言わないといけない」

エルドがそう言うと、少年が見るからに悲しそうな顔をした。

「母さんに言うのはやめてくれよ。おれが一人でしたことで、母さんは関係ないんだから」

「そう、お母さんがいるんだね。じゃあ、お母さんにも罪を償ってもらわないといけないね。これはあってはならないことで、僕はたいへん不愉快な思いをしたんだから」

「母さんは……、母さんは関係ない」

少年の大きな目に涙の膜が張る。

「母さんは病気なんだ。何にもできないよ。もう何日も食べてないし、動けないんだよ……芋を食べさせてやりたいよ」

その姿を見ていると、ネヴィレッタの胸がちくりと痛んだ。どう見ても飢えている子供が、病の母親のために食べ物を盗もうとしている。しかもエルドが魔法使いであることを知っている。もしかしたら彼が魂喰《たまく》らいと呼ばれていることも知っているかもしれない。その勇気が別のことに活《い》かせたらどんなに良かったことか。

「あの」

ネヴィレッタは少年の目の前に膝をついた。

うらやましい。

病気であることを心配するほど大切な家族がいる。

おもうこともおもわれることも、ネヴィレッタにはもう何年もなかったことだ。

優しい家族がいるのなら、大切にしてほしい。

「どんなに大変な状況でも、盗みに入るのは、良くないこと、だと思います。わたしなんかにお説教されてもって、思うかもしれないけど……、でも、こういうことをすると、傷つくのはあなた自身だと思うから」

少年もエルドも、動きを止めた。

「もしも本当に大切な家族なら、自分のために悪いことをしようとしていると知ったら、悲しむと思う」

かつて、戦争に行く父が敵の兵士を相手に魔法を使うかもしれない、と思って泣いていたことを思い出した。大切な人が誰かを困らせたり傷つけたり、ましてや殺《あや》めてしまったり、などということが起こったらつらい。

「あなた、お名前は？」

少年が泣きながらネヴィレッタを見つめた。

「リュカ」

「何歳？」

「八歳」

「どこから来たの」

「すぐそこの村の奥……」

エルドが呟く。

「フラック村の子供か」

少年、リュカが頷いた。

「食べ物がないって、どういうこと？」

リュカはぽつりぽつりと語り出した。

「去年、夏が寒かったせいか、秋の小麦の収穫が少なくて……それで、今年の収穫の前に、食料がなくなっちゃったんだ。前の戦争の後に隣の国とのやり取りがなくなっちゃって、ただでさえ生活が苦しいのに……。おれはまだ小さかったからおぼえてないけど、母さんが、昔はこのへんもいろんな国の人が行き来して明るい雰囲気だったのに、今は物が入ってきづらくなって、なんだか暗くなった、って言ってた」

前の戦争というのは、おそらく五年前の戦争のことだろう。エルドが魔法騎士として戦った最後の戦争だ。このガラム王国と東の隣国メダード王国が領土問題を起こして争った。メダード王国はフラック村に入る直前の街道を東へ行ったところにあるが、今は交易が途絶えているらしい。

「残り少ない食べ物は、村の上役がちょっとでも金にしたいって言って、あんたとか他の町の人とかに売っちゃうし」

そういえば、エルドが小麦粉は村から買っていると言っていた。

エルドの顔を見た。唇を引き結んで、気まずそうな面持ちをしていた。村のこういう状況を知らなかったのだろう。知っていたら買わなかっただろうか。

「だから、あんたから取り返してやろうと思ったんだ」

ネヴィレッタもエルドも無言になった。リュカも二人の反応を窺《うかが》っているのか暴れるのをやめてしばらく沈黙した。

「……まあ、じゃあ、こうしよう」

かなり間を置いてから、エルドが口を開いた。

「じゃがいもをちょっと譲ろう。全部はあげられないけど……」

そう言って、彼もその場にしゃがみ込み、木箱を開けた。木箱の中にはぎっしりとじゃがいもが詰まっていて、一部が芽を出していた。

大きな手で、じゃがいもをひとつ取り出す。

そのじゃがいもを、両手で包み込む。

次の時だ。

ネヴィレッタは目を丸くした。

じゃがいもがエルドの手ごと淡く発光した。

エルドが手を左右に開いた。

手の中の芋が空中で茎を伸ばし始めた。

ぽかんとしているネヴィレッタとリュカの前で、じゃがいもはどんどん成長していった。やがて花を咲かせてしぼみ、根にごろごろと新しい芋が生まれた。

エルドがその株を地面に置いた時には、二十個前後の新しい芋が生み出されていた。

あっという間のことだった。

「すごい」

リュカが呟く。

「これが魔法？」

エルドが「そう」と答えた。

彼は一度立ち上がって倉庫の中に入っていった。大きなざるを持って戻ってくる。そのざるの上に新じゃがを盛る。

「これならあげてもいい。食べられるものだから安心していいよ」

芋をリユカに差し出した。リユカは少し戸惑ったらしく一瞬手を空中でさまよわせたが、そのうちちざるをつかんで引き寄せた。

「魔法で芋を増やせるの」

ネヴィレッタが問い掛けると、エルドはあっさり「うん」と頷いた。

「植物に魔力を送り込んで成長を促すことくらい、そんなに難しいことじゃないんで」

これが地属性の魔法なのだ。

なんて優しくてひとの役に立てる魔法なのだろう。

感動して深呼吸をしてから、ネヴィレッタはふと浮かんだ疑問を口にした。

「それじゃあ、本当は畑に埋めなくてもいいんじゃない？」

エルドがしらけた顔をする。

「自然の営みを感じないと生きている感じがしないよ。人間も自然の一部なんだから、魔法でそういう流れを改変して満足しちゃうのは良くない」

どうやら何らかのこだわりがあるらしかった。よくわからなかったが、エルドがどうしても畑を作りたいというのなら仕方がない。

「それに」

彼がうつむく。

「土いじりをしている時は、誰も傷つけていないな、と、思えるから」

「え……？」

エルドのその言葉の意味を掘り下げる前に、リュカが明るい声で言った。

「これで母さんにご飯作ってあげられる。ありがとう！　あんたほんとは優しいんだな」

そして、踵《きびす》を返して「じゃあな」と言った。

「また足りなくなったら来るからちょうだい」

「こら、待て」

エルドがみたびリュカの腕をつかんだ。

「それとこれとは話が別。盗みに入った件については、ちゃんと親御さんと話をさせていただきます」

リュカが強張《こわば》った表情をしたが、これぱかりはネヴィレッタもゆるさないほうがいいのだろうと思ったので、口を挟まず見守ることにした。

## 7

リュカの家は彼の言ったとおりフラック村にあった。村の果て、山裾だ。

小さな家だった。エルドの家と同じか、それより狭そうだ。スレートの屋根だけは立派だが、土壁にはひびが入っていて、修復された感じがない。リュカが玄関扉を開けると、木製の扉が、きい、と音を立てた。

「ただいま」

リュカの後ろを歩くエルド、そのエルドの後ろをネヴィレッタが歩いて、家の中に入る。

中には一応土間があったが狭く、三人が並んで立つことはできなかった。

土間から向かって右側に居間があり、左側に台所がある。奥には何もなさそうである。リュカに案内されるがまま居間に入ると、そこには古びたテーブルと椅子の一セットがあるだけで、家具らしい家具はなかった。

奥にもう一枚ドアがあって、そのドアを開けたら、中は寝室だった。寝室はひとつしかないらしく、これがこの家の全部である。ベッドが一台備え付けられていて、あとは服を引っ掛けるラックだけだ。ラックに掛かっている服も、大人の女性用が三着と子供用が三着だけで、どれも着古したものに見えた。

硬そうなベッドに女性が横たわっていた。ひとつにまとめられた長い髪はぱさぱさに傷んでおり、乾いてひび割れた唇をしている。掛け布団の上に細い腕が出ていて、彼女が極端にやせているのがわかる。

「リュカ、帰ったの」

かすれた声は痛々しい。彼女は今明らかに普通の状態ではない。

「ただいま、母さん」

リュカが緊張した声で言う。

「その、お客さんが来たけど、あんまり気にしないで」

息子の言葉に驚いたらしく、彼女は跳ねるように上半身を起こした。彼女の額にのせられていた手ぬぐいが掛け布団の上に落ちた。

「まあ……、どちら様でしょう」

エルドが寝室の中に入っていく。

「体調が悪いんですか？」

彼がそう訊ねると、リュカの母親が「ええ、少し」と言って微笑んだ。けれどとてもではないが少しといった感じではなく、蒼ざめた顔からは血の気がすっかり引いてしまっている。

「その、あまり近づかないようにしてください。最近村で流行《はや》っている風邪にかかってしまったようでして、うつると大変ですから」

「ふうん、村で風邪が流行ってるんですか。こんな季節に？」

「ええ、はい」

「息子さんが、何日も食べてなくて何にもできない、って言ってましたけど」

エルドがそう言ったら、リュカの母親はうつむいた。

リュカが「じゃがいもしまってくる」と言って部屋から出ていった。逃げてしまう気のようだ。しかしネヴィレッタは何と声を掛けたらいいのかわからなくて無言で見送った。

リュカの母親が言う。

「熱が高くて、目眩《めまい》がして、ベッドから出られなくて……。家事はあの子に任せきりで、可哀想なことを……」

彼女の目に涙が浮かぶ。

「村では熱に浮かされたまま亡くなった人がいると聞いて……、わたしもあの子を残して逝くことになったら、と思って……不安で……」

その体が小刻みに震えるのが痛々しい。

ネヴィレッタは健康だけが取り柄だ。ここ何年も風邪をひいたことがなかった。だが、幼い頃、まだ兄妹《きょうだい》や貴族の他の子供と遊んでいた時代に風邪をうつされてきたことがある。あの時はまだ両親や使用人たちが心配してくれて、乳母とフィラータが交代で看病してくれたものだ。

ネヴィレッタは、ぎゅ、と胸の奥をつかまれたような痛みを感じた。

少し熱が出るだけでも不安になるというのに、何日も起き上がれないほどというのはどんなにつらいだろう。

「大丈夫ですよ。ひとまずまた横になってください」

そう言って、ネヴィレッタはベッドサイドに近づいた。リュカの母親は再度「うつりますよ」と言ったが、気にすることなく彼女の両腕をつかんで、そっとベッドに向かって押した。リュカの母親のやせ衰えた体がベッドに沈んでいく。

「それで、お客さんがた」

リュカの母親は熱のためか震える声で問い掛けてきた。

「どうして、こんなところに。その……、申し訳ないのですが、初対面かな、と……」

「初対面です」

エルドが答えた。

「息子さんが、食べ物が足りないから分けてくれ、と言ってきまして。あかの他人に食べ物を分けてほしいと言い出すほど困っているのかな、と思ったら、ちょっと様子を見に行こう、と思い」

ネヴィレッタはほっとした。エルドは、盗みに来られた、とまでは言わなかった。こんな状態の母親に精神的な負荷をかけたくないと思う程度の情はあるようだ。

「申し訳ありません……」

リュカの母親の目にまた涙が盛り上がってきた。

「どうも、五年前の戦争以来、物流が滞って……。交易がうまくいっていないみたいなんです」

息子と同じことを言っている。

「そうみたいですね。僕は村のはずれであまり人と交流せずに暮らしていたんで、気づいていませんでしたが」

「昔からそんなに豊かな土地ではなかったんですよ。雨が降ると裏の川が氾濫することもあって、水はけがあまりよくなくて、農作物が流されてしまうことがあって」

そこで、呼吸が苦しいのか、それとも単に生活苦を思ったのか、彼女は大きく息を吐いた。

「ここは、五年前まで、メダード王国の領土だったんです」

ネヴィレッタは初耳だったが、エルドは涼しい顔をしている。

「でも、メダード王国の王は税を取り立てる一方で、こちらの生活を考えてくれなかったんです。なので、五年前、メダード王国とガラム王国が戦争になった時に、村人総出でガラム王国側に寝返ったんですよ。ガラム王国は裕福だから、目をかけてくれるんじゃないか。川も氾濫しないように工事をしてくれるんじゃないか、って」

「なるほど」

そして放置されているわけだ。

「その時は、ガラム王国の中央から来た、何て名前だったかしら、強くて恐ろしい地属性の魔法使い様がいらして、メダード王国の役人を追い出してくださったんですけど、ガラム王国からもそれきり。しかも去年は特に冷害があって、小麦の収穫が悪くて……」

おそらくその強くて恐ろしい地属性の魔法使い様とはエルドのことだと思うが、本人は何も主張しなかった。ネヴィレッタも空気の悪さを感じて口をつぐんだ。

「今、フラック村のご領主様はガラム王国の王子様なんです。この王子様は無理な税の取り立てをしないので歴代のご領主様に比べたらかなりマシなんですけど、結局最後は王様の采配次第みたいで、具体的に何かしてくださったことはありません」

「ふうん。よくわかった」

エルドが頷く。

「まあ、僕が聞いたところで、何かできるわけじゃないんですが」

彼がそう言うと、リュカの母親が微笑んだ。

「でも、久しぶりのお客さんでちょっと嬉しかったからでしょうか、体が楽になった気がします。話を聞いてくださってありがとうございます」

ネヴィレッタは驚いた。そんな些細なことで誰かを喜ばせることができるとは思っていなかった。医学的な知識など皆無で、医療的措置は何もしていない。それでも、話し相手になることで心の負担を軽くすることができるのか。

そうかもしれない。

ネヴィレッタの気がずっとふさいでいるのは、話し相手がいないからかもしれない。エルドと会って楽しいのは、つっけんどんなエルドであっても、会話が成立している、と思えるからかもしれない。

今の暮らしに、光明が見えてきた気がした。

「とにかく、状況はわかりました。僕らは帰ります」

リュカの母親が「はい」と頷いた。

「すみません、うちの息子が、ご迷惑をおかけして」

「いえ、いいです。僕もたまにはひとの役に立ったほうがいいんだと思います」

ネヴィレッタは少しだけ笑った。

彼はなんだかんだ言って優しい人なのだ。

8

リュカが母親に食事をとらせたいというので、ネヴィレッタとエルドはそのタイミングで親子の家を出ることにした。病人にこれ以上負担をかけさせるわけにはいかない。代わりにリュカの家事を手伝ってやるのもどうかというのも考えたが、一応侯爵家令嬢で家事らしい家事をしたことがない上どんくさいネヴィレッタでは、かえって迷惑をかける気もする。言い出せなくてまごついたネヴィレッタを見かねて、エルドが「帰るよ」と声を掛けてくれた。

ネヴィレッタの人生は情けないことばかりだ。魔法を使えないぶん、もっと学問の勉強や手仕事をがんばるべきだった。フラック村の地理や歴史もわからなければ、家事を手伝うこともできない。自分はどこに行っても役立たずだ。もうちょっと何をしたらひとのためになるか考えておけばよかった。

しかし、ふと、心の中に宿るものもある。

こうして自分に何が足りないのか具体的に考えられるようになったのも、オレーク侯爵邸を離れてエルドやフラック村の人としゃべる機会ができたからかもしれない。

あの屋敷の中では、ネヴィレッタは何もできなくて当たり前の、何をしても誰かの邪魔になる人間だ。けれど、ひとの話を聞くくらいならできることがわかった。

「帰らなくていいの？」

不意に話し掛けられた。はっとして隣を見ると、エルドが歩きながらネヴィレッタを見下ろしていた。こうして見ると背が高い。

「もうそろそろ日が暮れるけど。ローリアは遠いよ」

「そうね、帰らなくちゃ」

　ずしりと、心に何か重いものがのしかかる。

「馬車も待たせっぱなしだし……街の観光に行くと言っていたから、わたしが待たされる側になるかもしれないけど……」

「なんだそりゃ。適当だね」

　適当も何も、侍女も御者も本当はオレーク侯爵の顔に泥を塗るネヴィレッタの相手など真面目にする気はない。

「あなたこそ、今日、もう、じゃがいもを植えるには遅くなってしまったかしら」

「まあ、いいよ、一日くらい」

　エルドが溜息をついた。

「レナート王子がどうして僕にフラック村の土地を貸してくれたのかわかっちゃったな。最悪の気分だ」

「って、どういう？」

「たぶん土地の改良をしてほしいんだ。僕の魔法で畑を作って農業をしやすくしてほしいんだよ」

　ネヴィレッタは目を瞬《しばたた》かせた。そんな魔法があるのか。森を破壊し、砦も破壊し、敵を攻撃して人を殺す、そういう恐ろしい魔法を使う魔法使いなのだとばかり思っていたが、どうも誤解があるようだ。

「そんなことができるの？」

「まあ、地属性だし」

曖昧な返答が気に掛かって、具体的にどうする気なのか聞いてみようか悩んだ。いまさらだが、自分のような人間が他人のすることに根掘り葉掘り口を出すのはどうかと思ったのだ。まして魔法の話である。非魔法使いである自分が魔力の流れのつかみ方や魔術の構築の仕方などを聞いても理解できるはずがない。

勉強すればよかった。魔法が使えなくても、魔法理論の授業くらいは受けたかった。

エルドが溜息をつく。

「考えるのはやめよう。人間に関わるとろくなことがない」

「人間に関わると、って……」

それではまるでエルドが人間ではないみたいではないか。

ネヴィレッタの呟きを聞いて何かを察したのか、エルドが視線を落とす。

「魔法使いも、非魔法使いも。僕と関わると、みんな不幸になる」

魂喰《たまく》らい、というふたつ名のことを思い出した。そんなものは嘘《うそ》だと思っていたのに、エルドのほうが思い出させるようなことを言う。

しかし、そんなエルドに何と言葉を掛けたらいいのか、ネヴィレッタにはわからなかった。無言で隣を歩いているだけだ。何を言えば彼のそのおかしな認識を改めさせることができるのか。ネヴィレッタはこうして少しエルドと一緒にいただけで数年分くらいしゃべることができた気がして嬉しく思っているのに、それをどう伝えたらいいのか。

迷惑ではないだろうか。

早く帰れと言いたいのだとしたら、どうしよう。

「僕の代わりに君が焼畑農業でもしてあげてよ。森を焼けばいい。植物の灰がいい具合に肥料になる」

エルドがちょっと意地悪く笑った。

「火属性の魔法使いの君なら簡単でしょ」

ネヴィレッタは目を丸くした。

「どうしてわたしが火属性の魔法使いだって……」

「見ればわかるよ。その髪と目、オレーク侯爵家の人間だ」

心臓に大きな穴を開けられたような苦しみを覚えた。

エルドは楽しそうに微笑んでいる。

「由緒正しき魔法騎士の家系だ。僕が魔法騎士団にいた時は君のお父さんが団長だったけど、今もそうなのかな、もうマルスが継いだのかな」

「父や兄とも、知り合い、なのね……」

「当たり前だよ。魔法騎士団にいてあの親子と関わらない人間なんていなかったし、僕もそれなりに立場があったから会話する機会もあった」

彼が目を細めた。

「自慢の娘だって言ってたよ。ヴィオレッタだっけ」

血の気が引いた。

それは、オレーク侯爵家で一番可愛くて美しい自慢の妹の名前で、ネヴィレッタとは違う。彼女の名前を使うなどおこがましい。

「わたし、ネヴィレッタというの」

そう名乗ると、エルドが少し驚いた顔をした。

「オレーク侯爵家直系の人間？」

「ええ、一応……。マルスは兄で、ヴィオレッタは妹なの……」

本人たちはそうとは認めたくないかもしれないが、一応続き柄はそういうことになっている。

それでも、言わないほうがよかっただろうか。オレーク侯爵家にそんな人間などいなかったということにしたほうがよかったのだろうか。

何が正解なのだろう。

混乱する。

もう何も言いたくない。

もう何も言ってほしくない。

「――わたし、帰らなくちゃ」

オレーク侯爵家では、ネヴィレッタは恥ずかしい存在なのだ。それを他人に知られないほうがいい。一生懸命隠してきた両親の努力を無駄にしてしまう。たったそれだけのことすら両親の言うことを聞けない人間になったらどうなるかわからない。

「ああ、そう」

エルドのその返事を聞いてから、踵を返そうとした。

ネヴィレッタの背中に、彼がこんな言葉を掛けた。

「ひまなら今度種芋を植えるのを手伝ってくれない？」

それを聞いた瞬間、ネヴィレッタの心は舞い上がった。

次が、ある。

エルドの大事な畑に、入れてもらえる。

ネヴィレッタは振り返って、もう一度エルドの顔を見た。

彼は真剣な表情をしていた。

「こんな辺鄙《へんぴ》なところまで僕を迎えに来ようとしているくらいなんだから、時間はあるんでしょう？」

「ええ……、それはもう、たっぷりと」

ついこの間まで、家から出ることもない日々を送っていた。この外出もポジティブな動機付けがあって始めたことではなかった。

けれど、今度会う時には、彼の聖域に入れてもらえるかもしれない。

自分なんかにもできることがあるのなら、どんな些細なことでもいいからしたい。

「ありがとう」

ネヴィレッタのほうがそう言った。エルドは無言で足早に歩き出した。ネヴィレッタも軽い足取りで後をついていった。

分かれ道に来ると、ネヴィレッタは名残惜しく思いながらも停車場のほうへ向かった。

その背中を、エルドはしばらく見送ってくれた。

エルドの役に立ちたい。

＊＊＊

カーテンをまとめて窓を開け放つと、小鳥がエルドに貰《もら》えるパンを期待して桟に寄ってきていた。エルドは毎朝焼いたパンを細かくちぎってそこに置いていた。

今日の朝ご飯は、切り込みを入れてハムとチーズとレタスを挟んだロールパン、目玉焼き、温めた牛乳だ。ハムは肉を自分で燻製《くんせい》に加工したもので、ロールパンも昨日の夜仕込んで発酵させたものを今朝焼いたものだった。だが、なんだかんだ言ってレタス以外はフラック村で購入したものだ。レタス以外の食品に罪悪感が湧いてきた。

昨日はネヴィレッタに安易に焼畑農業でもすればと言ってしまったが、まずは言い出しっぺのお前がやれ、という話だ。

エルドの魔法であれば、山の斜面に川の氾濫による浸水被害から逃れられる段々畑を作ることぐらい、造作はない。

しかし、簡単にそんなことをやってしまったらその後もあてにされやしないか。

エルドはもう人間と関わることに疲れていた。誰かのために魔法を使うことが苦痛になっていた。

みんなのためになるならと思ってあんなにがんばって戦ったのに、国の上層部の要求はとどまることを知らない。

挙げ句の果てには、同僚たちに、お前は他の魔法使いの魔力を喰っているからそんなことができるのだ、と言われた。

魔法を使えば使うほど、民衆の心は離れていく。

パンをかじる。小鳥が窓から入ってきて、エルドがこぼしたパンのかすをテーブルの上でついばみ始める。

もう、疲れ果ててしまった。

ここで一人ひっそり暮らしているだけなら、もう、誰かを傷つける魔法は使わなくて済む。

だが、生きている限り食事はとる必要がある。さすがのエルドもせっかく生き長らえた以上は細く長く生をつないでゆっくり健康な余生を送りたい。そうなると、村人と一言も会話をせずに暮らすというのはなかなか難しいのだ。

不意にドアをノックする音が聞こえてきた。

エルドはパンの最後の一切れを口に押し込みながらドアを見た。

ネヴィレッタだろうか。こんな朝早くに、だろうか。オレーク侯爵家の邸宅があるローリアからは、馬に乗っても一刻半ほどかかる。何か事情があって近くに宿泊したのだろうか。

突然心の中にじわりと不安が広がった。

何か起こったのだろうか。

立ち上がって、ドアを開けた。

そこに立っていたのは、昨日エルドの大事なじゃがいもを盗み出そうとしたリュカ少年だった。

「おはよう」

今日の彼は昨日の切羽詰まった様子とは打って変わって笑顔だった。八歳の子供らしく、乳歯が抜けて歯と歯の間に隙間ができている。どことなく顔色がいいような気がする。腕に抱えているざるは昨日エルドが魔法で増やしたじゃがいもを入れたもので、今日はじゃがいもではなく卵がふたつ入っていた。

「昨日食べ切れなかったじゃがいもを近所の人に譲ったら、交換で卵をくれたんだ。それで、あんたにも分けてやろうと思って。昨日のお礼に」

面食らったが、卵はいくらあってもいいので素直に貰うことにした。軽く頭を下げ、「どうも」と言ってざるを受け取った。

「なあ、あんた、名前何ていうんだ？」

知らなかったのか、と思って苦笑した。おおかた何と呼ばれているのかは予測がつく。人間としての名前があることなどみんな知らないのだ。きっと興味もないだろう。

エルドのような兵器に、人格は必要ない。

そう思っているのに、リュカはとても純粋な目でこちらを見つめている。

「……エルド」

「ふうん。おぼえておく。学校のみんなにも言っておく」

「学校に通っていたのか」

「そう。母さんの病気がうつるといけないからと思ってずっと休んでたけど、明日から行こうと思って」

なるほど、道理で機嫌がいいわけだ。

「母さんの熱が下がったんだ。だいぶ動けるようになった。たぶんじゃがいもを食べさせてくれたからだと思うんだ。だから本当に、すごくお礼を言いたくて」

あの母親が健康を取り戻せたのなら何よりだ。

そう思うことで、自分にもまだ他人を心配するという機能が残っていたことに気づく。

「あのお姉さんは何ていうの？　あの、派手な髪の色の人」

「彼女はネヴィレッタだよ。偉い魔法使いの娘さんなんだ」

「ネヴィレッタも魔法使いなの？　だからエルドと仲がいいのか？」

ぎょっとした。

「仲良さそうに見えた？」

リュカが頷く。

「母さんが夫婦だと思うって言ってた」

「とんでもない！　あかの他人だよ」

自分でそう言っておきながら一人で落胆してしまった。

彼女とは他人だ。ただそれだけのことなのに、心の中に隙間風が入るようなむなしさを覚える。

次はいつ来るかも——また来るかどうかもわからないのに、さっきドアがノックされた時に最初に思い浮かべたのは、彼女の顔だった。

感染するかもしれない病の人間にためらいなく近づいた彼女は、怖いもの知らずなのか。それとも、病人のつらさを理解する心の清らかな人間なのか。

どのみち人を傷つける魔法ばかり使ってきたエルドとは違う世界の人間だ。きっと関わらないほうがいい。

考えれば考えるほどわからなくなる。

自分は本当に人間なのか。本当は化け物なのではないか。

何も考えずに人を攻撃する兵器でいられたら、もっと楽な人生だっただろうか。

ネヴィレッタの顔が脳裏にちらつく。

彼女は、エルドが恐ろしくないのだろうか。

怖がらせてはいけない。

「……他人だよ。もう今後会うこともないかもしれない」

自分の言葉が、ちくりと胸に刺さる。

「そっか」

リュカがうつむいた。

そんな感情が自分にもあるのだろうか。

あるのかもしれない。

ネヴィレッタが発掘してくれたのかもしれない。

もう二度と会えなくても、いい思い出になった、と思おう。

「またうちに来いよ。もう母さんの病気が治ったみたいだから、今度は安心して呼べる」

「さみしいな」

「ありがとう」

口先ではそう言ったが、エルドはもう彼の家を訪ねることはないだろうと考えていた。

自分のような化け物が普通に人間と交流してはだめだ。

魂を喰らう化け物――そんなものに近づきたい人間がいるだろうか。

魔法騎士団にいた時のことが次々と頭の中に浮かんでくる。

もしもネヴィレッタにまであんな目で見られたら、と思うと、もう二度と会えないのとどちらがマシか。

「朝ご飯の続きだったんだ。戻って食べてもいいかな」

リュカが顔を上げて「ごめんごめん」と言った。

「ゆっくり食べてくれ。じゃあな！」

「じゃあね。さようなら」

離れていく彼の小さな背中を見送ってから、エルドは扉を閉めた。

# 幕間　ローリア城にて　I

父、バジム王に客人が来ているという。

嫌な予感がしたレナートは、金糸の刺繍《ししゅう》が施された明るい色のウエストコートを羽織って謁見の間に出掛けた。

城の窓から見える太陽はすでに斜めに傾き、廊下に低い角度で影を落としている。季節はそろそろ秋になろうとしていた。しかし、このコートはまだ少し暑い。それでも正装だから仕方ない。

ガラム王国は気候が比較的温暖だ。北や東が山地で、西がゆったりと流れる大河で、南が穏やかな海に開けている。北の山の上では雪が降ることもあるようだが、国土の大半は冬らしい冬を経験したことがない。レナートは外遊であえて真冬に東の隣国メダード王国に赴いたことがあるが、ローリアにいたら絶対に味わうことのない寒冷で乾燥した空っ風を味わい、つらい思いをしたものだ。

謁見の間の大扉の前にたどりつくと、父の親衛隊の人間が二人、厳《いか》めしい顔をしてレナートの前に立ちはだかった。

「陛下は今大事なお客人とお会いになっています」

「知っている。どけ」

「たとえ殿下であろうともお通しするなというご命令です」

「私に逆らう気か」

「我々の主君は国王陛下です。お引き取りください。いかなる理由があってもお通しできません」

不穏な空気が流れた。しかしいつものことではある。

レナートは、背後で剣を抜こうとする自分の親衛隊の者たちを、片手を上げることで制した。流血沙汰は困る。親衛隊の人間の中だけでなら揉《も》み消《け》すことは可能だが、人の口に戸は立てられない。

レナート側と国王側の膠着《こうちゃく》は、謁見の間の中から破られた。皮肉にも客人のほうが出てきたのだ。

嫌な予感は的中した。

出てきた客人はでっぷりと肥えた中年の男だった。仕立てのいい黒服を着て、耳の上を短く刈った黒髪のてっぺんをたっぷりの油で撫《な》でつけている。

黄ばんだ歯を見せて目を細め、嫌味ったらしい笑みを浮かべて、ひざまずいた。

「これはこれは、レナート王太子殿下。お会いできて嬉しゅうございます」

「私もだ。どうぞそのように堅苦しい挨拶はなさらず」

レナートは微笑んだ。虫唾《むしず》が走るが、ここでこの男の機嫌を損ねていいことはない。相手も名うての商人なのでレナートが多少子供っぽい態度を見せても豹変《ひょうへん》はしないだろうが、屋敷に戻ってから何を吹聴するかわからなかった。

レナートは誰にも弱みを見せてはならなかった。相手がどんな人間であっても完璧な王太子として振る舞わなければならなかった。

「父が呼び出したのかな？」

「はい、光栄なことに陛下が直々にわたくしめをお召しくださいました」

「つまり近々あなたの手をお借りする機会があるということかね」

「それは殿下といえどもお話しするわけにはまいりませんな」

扉が閉められそうになったので、レナートはあえて扉と扉の間に肩を突っ込んだ。いかに忠実な兵士であっても王太子の肩を扉で挟んで骨折させるようなことがあってはならない。

男はレナートの行動に少々驚いたようだったが、すぐに先ほどまでの笑みを取り戻した。何事もなかったかのように話を続ける。冷静沈着で自制心の強い男だ。

「わたくしも商売ですから。信用第一でございます」

「そのとおり、あなたは口が堅いから父の信頼を勝ち得ているのだろう。私も心強く思っている」

「それはありがたき幸せ」

男がレナートに軽く身を寄せ、小声で言う。

「殿下からもごひいきにしていただければ嬉しゅう存じます。お目をかけていただければ我がアラトレア商会が総力を挙げて殿下をお助け致しますぞ。たとえ何があってもね」

香水の強いにおいがする。

「何かあったら声を掛けさせていただこう。多少の土産を用意して、ね」

レナートがそう言って微笑むと、男は満足したらしく、頭を下げた。

「それでは失礼致しますね」

「結構。下がるように」

「まことに御礼申し上げます」

男が弾む足取りで廊下を行く。その背中を見送る。冷たい目をしてしまったのが男に伝わらないといい。

いよいよ謁見の間に入った。

中央の玉座に筋骨隆々とした体躯《たいく》の男が座っていた。糊《のり》の効いた真っ白なシャツに高級なクラバット、銀糸の刺繍の入ったウエストコートの男だ。いまだ白髪の一本もない黒髪を後ろに撫でつけ、豊かな口ひげを蓄えている。眼光鋭い瞳も黒い。

対するレナートは光り輝くブロンドにエメラルドのような青緑の瞳をしている。

男は、片手でワイングラスを揺らしながら、口ひげの下の唇を吊り上げた。しかし目は笑っていない。

「おお、我が息子よ。どうした、恐ろしい形相で」

わかっているだろうに芝居がかって言う国王に反吐《へど》が出る。

「そなたの母親に似た美しい顔がゆがむところは見たくない。どれ、父が話を聞いてやろう」

そこまで言うと、バジムは側近たちに「下がれ」と言った。バジムの忠実なる僕《しもべ》である官僚たちは、黙って首《こうべ》を垂れて謁見の間を出ていった。

数人の親衛隊の人間だけを残して、バジムとレナートは形式的に二人きりになった。

バジムが笑みを消し、足を組んだ。

「そこでアラトレア商会の会長に会いました」

レナートがそう言うと、バジムは「そうか」と答えた。

「だから、何だね？」

黒い瞳が、射貫《いぬ》くようにこちらを見据えている。

「何か問題があるのか？　お前のような若造が口を挟んだところで決定を覆すほど優しい父親ではないぞ」

「存じ上げております。ただ、父上のほうが私に見せつけたいのかと思い、馳《は》せ参《さん》じました次第です」

「ほう。その心は？」

「いよいよその日が近いということを察しました」

アラトレア商会が主に扱っている商品は武器だ。銃、剣、そして馬具といった鉄製品である。そのアラトレア商会から物を買うということは、戦争の支度を始めたということだ。

その日——決戦の日、開戦の日だ。

我がガラム王国と隣国メダード王国との戦争が、また、始まろうとしている。

「先週の会議で今度は何を言ったのか。同じことを幾度も繰り返す」

レナートは言葉遣いを崩しつつ父を真正面から見据えた。

父も、笑みを消して正面からにらむようにレナートを見た。

ガラム王国とメダード王国は建国以来何度も争ってきた。原因は国境にある鉱山の山脈だ。鉄鉱石がふんだんに採れるということは、そのぶん武器をたくさんつくれるということであり、直接的な強さにつながる。そうでなくとも、メダード王国は領土の拡大をもくろんで日々ガラム王国にちょっかいを出していた。この二国は隣り合っているというだけでも争う理由に足るぐらい険悪な関係にあり、現在正式な国交はない。

そんな関係をなんとか取り持とうとして、国際社会が何度も話し合いの場を提供してくれた。だが、双方とも権力欲の強い元首を戴《いただ》いているせいで、目立った成果を上げたことはなかった。

五年前、メダード王国が山脈の支配を目指して進撃した時、ガラム王国はそれを逆手にとってメダード王国から領土をもぎ取ることに成功した。その時に得た領土がローリアから北東に行ったところにある王太子領である。

今は、魂喰《たまく》らいが潜んでいる。

彼があの地方に住んでいる限り、メダード王国がまた欲を出してくることはないだろう。レナートはそう踏んでいたが、レナートがいかに気を配ろうとも国際交流の場に出ていくのが父王である限り火種は尽きない。

今回も、先週の国際会議でメダード王を煽るようなことを言ったに違いない。ガラム王もガラム王ならメダード王もメダード王で、双方プライドが高く侮辱を許せないのだ。

「大陸の国という国が先の戦争でメダード王国を非難している今こそガラム王国が力を発揮すべきだ。愚かな振る舞いをして愚かな代表者のいる愚かな国だと思われたらどうなるのか、父上には想像力がないのか？」

「生意気な口を利くな！」

バジムがレナートにワイングラスを叩きつけた。グラスはレナートのこめかみあたりにぶつかって割れた。薄くて軽い素材のもので、派手に砕けたので床一面に透明な破片が散った。中に入っていたワインが、レナートのこめかみから頰、服の胸を濡《ぬ》らした。それほど痛みは感じなかったが、もしかしたらワインとともに血も流れたかもしれない。

「お前のような若造に政治の何がわかる！」

「父上が欲望を丸出しにしていることとか？」

「無礼者！ 下がれ！ お前の顔は見たくない！」

唾を飛ばして怒鳴り散らす。

「顔も態度も何もかもがあの女そっくりだ。忌々しい！ あの女も私のやることなすことに口を出した」

「だから殺したのか」

「お前は何か勘違いしているようだ。私は妃《きさき》も王子も愛している――と、いうことにしなければ酷《ひど》い目に遭うのはお前だ」

困るのはそっちもではないか、と言ってやりたかったがこらえた。

しかし、これ以上不毛な言い争いを続けても仕方がない。父の言うとおり、自分たち親子が不仲であることを知られたら国内の民衆も諸外国も黙っていないだろう。少なくとも国を二分する内戦になるのは明白だ。

レナートは絶対に譲る気はない。

あの玉座は、自分のものだ。

愚かな父王に今以上の圧政を敷かせるわけにはいかない。倫理道徳のような美しいものだがそれは決して良心がどうこうという問題ではない。に背いたら苦労をさせられる。国際社会は各国の元首が善良であることを前提に成り立っており、人道的に問題のある行動を取った時に破綻するのはこちらだ。

王は外国から新たな領土を入手することで経済的な利潤も政治的なパフォーマンスもうまくやったつもりのようだったが、先の戦争で得た土地の整備に手が回っていない。領土を広げたところで統治できなければ逆効果だ。

だが、そういう発想も正義感から出たものではない。レナートが欲しいのはあくまで名誉と権力だ。しかしそれは国際社会の掟《おきて》に反しないことでこそ保証されるものだ。

あともう少ししたら王冠が転がり込んでくる。

バジム王は、今、本当に自分の子供かわからない亡き妃そっくりの息子に王位をゆだねるか、自分が築き上げてきた王朝をこの代で潰すか、の二択を迫られている。そして、家臣の半分と国際社会は前者を望んでいる。

レナートは首《こうべ》を垂れた。

「生意気な口を利きました。父上のお考えをお聞きできて嬉しゅう存じます。今日のところはもう下がって風呂に入り髪を洗います」

王が理解ある父親のふりをして微笑んだ。

「よろしい、ゆっくり休むといい」

踵を返したレナートの背に、王がなおも声を掛ける。

「息子よ」

「はい」

振り向くと、王は昏《くら》い顔で笑っていた。

「例の魔法使いは息災かね？　我が国最強の、史上最高の兵器は」

レナートは微笑み返しただけで何も言わず、軽く頭を下げてから部屋を出た。

# 第2章

# 1

翌日の朝、またエルドの家に行こうか、それとも連日押しかけて迷惑ではないか、と悩んでいたネヴィレッタのもとに、とんでもないしらせが届いた。

今日、これから、レナート王子がオレーク侯爵邸を訪問するという。

それ自体は珍しいことではない。レナート王子は魔法騎士団に特別目をかけているので、団長のハリノや次期団長のマルスと親しくしているようだった。定期的にこの家を訪れ、家族で一緒に食事をすることがある、と聞いた。

当然ネヴィレッタは蚊帳《かや》の外だ。その場に同席したことはないので、伝聞でしか知らない。しかも、その伝聞というのも、食堂に来ないようにと伝えに来た侍女の口から事情を説明する時に簡単な理由を添えられているだけで、王子が何の話をしに来たのかなどの具体的な情報は与えられていなかった。

今回もそういう話だと踏んで部屋にひきこもろうとしたネヴィレッタに、侍女が言った。

「今日の殿下はネヴィレッタ様にご用があるとおっしゃっています」

ネヴィレッタは驚いて目を真ん丸にした。

しかし、ネヴィレッタには質問する権利がない。見たことのないレースのドレスをあてがわれて、どれくらいぶりか化粧を施されて、部屋の外に連れ出された。

このドレスはどうやらヴィオレッタが着たものを使い回しているようだ。ヴィオレッタは一度着た服は二度と着たくないと言っているので、このドレスももう不要なのだろう。

それにしても、いつも安価でシンプルなドレスばかり着せられていたので、袖を通すだけで緊張する。

両親は、対外的には、ネヴィレッタは病気で家の外に出られない、と言っているのだそうだ。したがって、普段は病人の着る寝間着を意識して服を用意しているらしい。家族全員を招待すると言われた場にも、うつすといけないので、という理由で欠席させられている。そのため豪華なドレスは必要ない。

レナート王子と会うのも、ネヴィレッタが魔法学校に通えないことが確定する前の七歳前後の頃以来だから、すでに十二年ぶりということになる。おぼろげにとても美しい少年だったことはおぼえているが、細かいところが思い出せない。レナート王子も今は確か二十三歳になるはずだ。印象が変わっていることだろう。

いったい何の用事か。あえてネヴィレッタを指名するのはどういう理由か。ヴィオレッタではだめなのだろうか。

ひとに会うのが怖い。

それでも、王太子殿下のお求めとあらば断るわけにはいかない。

うつむき加減で玄関の大ホールの階段をおりていくと、若い青年の明るい声に話し掛けられた。

「やあ、ネヴィレッタ。とても久しぶりだね」

ネヴィレッタは緊張で手を震わせながら顔を上げた。

「ごきげんよう」

玄関ホールに立っていたのは、緩く波打つ金の髪をした、美しい男性だった。高い鼻筋、甘い目元の青年だ。この季節ではまだ少し暑そうな生地のコート、絹のブラウスにクラバットを締めている。何より宝石のような青緑の瞳は輝いていて、彼をはつらつとして見せた。健康そのもの、元気そのものみたいな印象だ。あまり変わっていない気がする。彼は今も昔もずっとこの国の太陽のような存在だ。

「会えて嬉しい」

にこりと微笑む様子は甘く、お伽噺《とぎばなし》に出てくる王子様そのものだ。

「レナート殿下」

急いで階段をおりて彼の前に立った。腰を落とす淑女の礼をする。足が硬直していてぎこちなくなってしまった。こけてしまいそうだ。

「なんだ、元気そうではないか。もう何年も寝ついていると聞いたが」

知られてはいけない秘密を明かしている気がして、心臓がうるさい。

「あの……、たいへんぶしつけで恐縮ですが、どのようなご用件でしょうか？　わたしは、その、何年も寝ついていたので、教養にも乏しく無作法で、王太子殿下と普通にお話しできる気が……しないのですが……」

「私は気にしない」

彼ははっきり言い切った。そちらが気にしなくてもこちらが気にする、と言いたいが余計なことは言えない。

「多少のことはいい。そんな些細なことよりもずっと大事なことがある」

笑みを絶やさない。

「さあ、話を聞かせてくれたまえ」

「何の、でございましょう。繰り返しますが、わたしには何の知識も経験もなく――」

「エルドに会いに行っているそうだね」

口から心臓が飛び出るところだった。

「ど、どうしてそれを」

「フラック村は私の領地だ。私の手の者がいるのは当然ではないか」

「それは、ヴィオレッタが……あの、髪の色と目の色が一緒だから、誤解なさっているのでは……」

「私相手に嘘をつくのかね」

その言葉の威圧感に、背筋が寒くなった。

レナートのエメラルド色の瞳が、まっすぐネヴィレッタを見下ろしている。

「正直に言いたまえ。君が、エルドに会いに行っているのだそうだね」

口を開けたり閉じたりして言葉を選んでいるネヴィレッタに、レナートは少々冷酷にも思える言葉を放った。

「ヴィオレッタも呼んで締め上げようか？　君たちのどちらがエルドにちょっかいを出しているのか、彼女にも聞いてみようか」

可愛い妹に怖い思いをさせるわけにはいかない。ネヴィレッタは、喉から「わたしです」と絞り出した。


ネヴィレッタとレナートは、屋敷の庭にある園亭に移動した。

繊細な彫刻が施された柱、緻密な紋様が描かれたタイルで覆われている園亭は美しく、内部にあるソファも凝った刺繍の美しいクッションが敷き詰められている。レナートのために屋敷で一番の特等席を用意したのだ。

レナートは侍女に紅茶と焼き菓子を持ってくるように言った。これではちょっとしたお茶会だ。王太子と二人きりでこんなことをするとなると外聞が気になる。

「楽にしたまえ」

　客であるレナートのほうがそう言って、長い脚を組み、ティーカップに唇を寄せる。ネヴィレッタは緊張でがちがちで、お茶をこぼしてしまいそうでティーカップを持てなかった。

「殿下、あの、お忙しいのではないですか？　このようなこと、あの、畏れ多いことです」

「気にしなくていい。君は国家の存亡をかけた重大な使命を帯びている。今や君は国の行く末を左右する超重要人物なのだ。そんな君のために国を代表する人間である私が挨拶をせずになんとする。私はそのように器の小さい次期国王ではない」

　そう言いつつも顔はにやにや笑っている。どこまで本気かわからない。昔からいたずら好きだったことを思い出す。少しひょうきんなところがあって、彼が言葉を発するたびに小さなヴィオレッタがきゃらきゃらと笑っていた。

「さて、首尾を話したまえ」

「えっと、どこから、何を、お話ししたらいいでしょうか」

「結論から言うといい。単刀直入に。エルドは中央に出てきてくれそうかい？」

　ネヴィレッタはうつむき、大きく息を吐いてから「ごめんなさい」と呟いた。エルドは魔法騎士団に嫌な思い出しかない。ネヴィレッタはそんな彼にあまりごたごたに巻き込まれてほしくないと思い始めていた。

「君の美貌と人格をもってしても籠絡できる相手ではないということか。贅沢《ぜいたく》な男だ」

「ろ、籠絡？」

ネヴィレッタはぎょっとした。ヴィオレッタに比べて容姿に劣り、卑屈で弱虫な性格をしている自分が、いったい何をどうしたら男性を籠絡できるというのか。

もやもやする。指先と指先を突き合わせ、もごもごと訴える。

「わたしは、その、どんくさくてひとに好かれるタイプではないですし……、それ以上に、エルドが、そんな軽薄な男性では、ありません……」

ネヴィレッタの小さな声を吹き飛ばすような声量で「おや、どういうことだい」と王子が問い掛ける。

「エルドをかばうようなことを言うね。エルドと多少会話ができたものと見える。最後に彼に会った時私はそれはそれは冷たい扱いを受けたのだが、君には親切だったのかね」

エルドが、レナート王子が大嫌い、と言っていたのを思い出した。そんなことを真正面から伝えられるわけがない。

「返事がないということは、はい、と解釈しよう」

王子が意地悪く言った。

「あのエルドが、女性に親切、ねえ。籠絡できないと思ったのは私の早合点で、実はいいところまでいっているとみたぞ」

「とんでもございません」

「だが彼は君とは会話ができたのだろう？　あの、何人《なんぴと》たりとも受け付けないと怒り狂う聖域に、君は足を踏み入れたのか。君は彼の特別になったのかい？」

耳まで熱くなる。

王子がまた紅茶に口をつける。

「いいことだ。私も癒やされる。最近いいことがないからね」

「そう、でございますか」

戦争、という言葉がちらついた。この国に、最強の魔法使いが必要になる局面が迫っている。

「その、国の政治ではどんなことが……」

「君が案ずることではない」

はねのけられてしまった。

「臣民を守るのは私の務めだ、私一人が苦労すればよろしい。ただ娯楽――間違えた、癒やしは必要だ、心が慰められる」

「はあ」

エルドとは何ということもない会話をしただけだったのに、おおごとになってしまった。

喉が渇いた。ネヴィレッタはティーカップに口をつけようとした。

次の時、王子はこんなことを言い出した。

「その調子で進展してくれたら私も嬉しい。二人の結婚式は国を挙げての盛大なものにしよう」

口に物が入っていたら噴き出しているところだった。

「急に何をおっしゃって……っ」

「え、そういうことではないのかい？」

「そういうことでは――」

ティーカップをふたたび置き、ネヴィレッタは拳を握り締めた。

無能の自分が結婚などできるわけがない。まして相手は国で一番有能な魔法使いだ。

「そういうのは……エルドに迷惑がかかるので……お控えいただけると……」

「ふうん。つまらん」

王子が溜息をついた。

「侯爵令嬢と結婚する前に爵位でもあげようかと思ったのだがね。叙爵叙爵ー！」

「国王陛下が何とおっしゃるか」

「父上とてエルドがこの国で一番の魔法騎士だったことをご存じなのだから異論はないだろう。彼は武功を立てた国の英雄だ。彼のおかげで拡大した領土はどれほどになることか」

フラック村がガラム王国領になった話を思い出した。土地を取ったり取られたり、恐ろしいことだ。関わりたくないし、関わらせたくない。

「似合いのカップルだと思ったのだが残念だ。君にもエルドにも別途パートナーを斡旋《あっせん》しようかね」

ネヴィレッタが首を横に振ると、レナート王子が「私が結婚しろと言ったら結婚するのだ」と言う。

「どうしてそんなことを」

「他人の色恋沙汰はおもしろいから」

なんという暴君か。

「オレーク侯爵も楽になる。マルスが団長になり、ネヴィレッタも嫁に行き、ヴィオレッタは戦女神の聖女となる。すべてがめでたしめでたし」

それを聞いて、ネヴィレッタは目を瞬《しばたた》かせた。

「妹が、その……、何ですって？」

レナートがティーカップを置く。

「ヴィオレッタは魔法騎士団の幹部になる」

「それは、いつのことか、お聞きしてもよろしいでしょうか……?」

「次の戦争の前に」

「次の、戦争……」

胸がざわつく。

「あの……、妹に、そんな、危ないことをさせるのは……、ちょっと……。まだ……、十七ですし……」

「君は優しいのだね」

レナートの次の笑いは、嘲笑に似ていた。

「すべてが私の計画どおりに進めば、君もヴィオレッタもこの屋敷を出ていく。なんと素晴らしきことかな」

2

その日の夕飯も酷いものだった。レナート王子の訪問のせいで、父に、エルドと会っているのがヴィオレッタではなくネヴィレッタであることがばれてしまったのだ。

自室に戻ったネヴィレッタは、ベッドに身を投げ、突っ伏した。どうも毎日こうしている気がする。

嫌なのは父が案外怒らなかったことだ。レナート王子に気に入られたと思って、その調子で励むようにと言われてしまったのである。

こんなことなら男に生まれればよかった。そうしたら魔法が使えなくても普通の騎士団に入れた。それなら状況が変わっていたかもしれない。

ドアを叩く音がした。ネヴィレッタは慌てて腕を突っ張り、上半身だけ起こした状態で「どなた？」と問いかけた。

「わたしよ、お姉さま」

ヴィオレッタの声だ。甘く、やわく、若く、可愛らしい、はつらつとした、妹の声だ。今はそれだけで劣等感を刺激される。

「まだ起きていらっしゃる？　少しお話をしたくて」

ネヴィレッタは、ベッドの上に一度膝立ちになってから、ベッドの端に移動して立ち上がった。

また何か厄介なことを押しつけられるのではないか。あまり簡単に呼び込まないほうがいいのではないか。

「どんなお話かしら」

おそるおそる訊ねると、ヴィオレッタはこう返してきた。

「さっきの夕飯の席のお姉さまがなんだか元気がないようだったから。お父さまが意地悪なことをおっしゃるから、傷ついていらっしゃるのかしら、と思って」

ネヴィレッタの心は舞い上がった。

この妹がこんなふうに気を遣ってくれたのは本当に初めてのことだ。

わかってくれているのではないか。彼女も両親とまったく同じ意見で無能の姉を蔑んでいるのではないかと思っていたが、勘違いだったのではないか。自分が卑屈すぎて誤解していたのではないか。

彼女が味方になってくれるかもしれない。

なんと心強《いと》いのだろう。

妹への愛しさが増していく。そうでなくとも可愛くて美しくて魔法技術の巧みな自慢の妹だったが、それだけでなく、無能な姉をも気遣ってくれる思いやりのある子なのだ。

彼女の気持ちが自分へ向いている。

嬉しい。

「入ってちょうだい」

そう言うと、ヴィオレッタが部屋の中に入ってきた。

部屋の外には数人の使用人がいた。彼ら彼女らは姉妹の様子を見て何かささやき合っていたが、そう間を置かずに男性の使用人がドアを閉めた。

改めてヴィオレッタの顔を見る。

白く滑らかな頰は陶器人形のようだ。夕焼け色の髪はつややかで、同じ色の長い睫毛が朝焼け色の瞳を守っている。ふっくらとした唇は薄紅色だ。彼女ほどの美少女はそういないだろう。

それでいて魔法も学問もよくできる。

自慢の妹だ。

「ヴィオレッタ——」

抱き締めたくなって腕を伸ばした。

その手を、ヴィオレッタは払《はら》い除《の》けた。

ネヴィレッタは驚きのあまり言葉を失った。

「触らないで。馬鹿がうつるわ」

彼女はうっすら笑っていた。

「いい気味。その顔が見たかったのよ」

絶句して、動けなくなった。

「レナート殿下とお会いしたんですって？　よくその不細工な顔で高貴な男性の前に出られるわね、この恥さらし。よりによって王太子殿下に媚《こ》びを売るなんて——王太子殿下に手を出そうだなんて。なんてふしだらな女なんでしょう」

人差し指を突きつけてくる。

「もう二度と誰とも会わないで。わたしの出世に差し障るのよ」

用事はそれだけなのだろうか。こうしてネヴィレッタを罵るためだけにわざわざこの部屋まで来たのだろうか。

「まだわかっていないの？」

涙も出ない。

「あなたのせいでわたしの結婚にも影響が出るかもしれないのよ。姉が非魔法使いだから非魔法使いの子供が生まれるかもしれないなんて言われたら、わたし、どうしたらいいの？」

一瞬でも、この妹が理解者になってくれるかも、と思った自分が愚かだった。

「何か言ったらどうなの。腹が立つ。だから会話したくなかったのに」

どうにか声を絞り出した。

「何か、って……何を……」

その声は今にも泣きそうに震えていた。情けない。ふたつも年下の妹に泣かされそうなのだ。

「わたし……、そんなにあなたに迷惑をかけたかしら……」

「存在のすべてが迷惑よ。あなたのような姉をもったことがわたしの不幸の始まり」

そこまで言われるほど嫌われているとは思わなかった。

「魂喰《たまく》らいのこともたぶらかしているの？」

ヴィオレッタの人差し指がネヴィレッタの胸を指す。

「そんな……こと……」

「みんな言っているわ、頭も尻も軽い女って。魔法が使えないからって体を使ってどうこうしようなんてあさましいにもほどがある」

呼吸が浅くなる。

「やっぱり魂喰《たまく》らいに会うのももうやめて。おぞましい。どうせ中央に帰ってこないんでしょう？」

そこまで言うと、ヴィオレッタは踵を返してドアのほうに向かって歩き始めた。

「本音を言えば、わたしはお姉さまには早くお嫁に行ってほしいわ。だって目障りだもの。あなたみたいなのがずっと家にいて兄妹で面倒を見なきゃいけなくなるなんて虫唾が走る。でもお父さまとお母さまの言うとおりこの家の格式に泥を塗るから、修道院か何かに入ったほうがいいのかもしれないわね」

ネヴィレッタは呆然としたまま、無言でヴィオレッタを見送った。

# 3

エルドに謝罪と最後の挨拶に行くことにした。もう家に押しかけてあれこれ言うこともないから安心してほしいと告げたかった。レナート王子の意思には背くことになってしまうかもしれない。けれど、昨夜のヴィオレッタの言葉で完全に心が折れたネヴィレッタは、もうひとと交流することを諦めてしまった。

エルドに火属性の魔法使いだと思われているのも気に掛かった。

自分は明らかにオレーク侯爵家の人間だとわかる容姿をしている。髪はともかく瞳の色は抜けない。もうこの姿を人前に出さないほうがいい。

それでも今日出掛けたのは、最後にもう一度人間と会話をしておきたかったからだった。

エルドは、つっけんどんなところはあるが、ネヴィレッタと会話しようとしてくれた。

それが、今のネヴィレッタにとっては、すべてだった。

もう会えないと思うと、さみしい。

それを素直に伝えられたら、彼もちょっとは気分を良くしてくれるだろうか。

侍女の目を盗んで、いつもの御者にマルスが行けと言っているという嘘をついて、家族の誰にも告げずに屋敷を抜け出した。嘘をつくのは少し心苦しかったが、マルスには行くなとは言われていない。それに、それくらいの危険を冒してでも、人生最後になるかもしれない人間らしい会話を楽しみたかった。

馬車の窓から景色を眺める。馬の歩みに合わせて景色が流れていく。優しい森の風景だった。もう見られないかもしれない。空が曇っているのだけが心残りだ。もしかしたらこれから雨になるかもしれなかった。この季節のこの地方は雨が多いので仕方がない。

村の停車場に御者を待機させ、森を行く。ドレスの裾をたくし上げ、靴が傷むのも構わずに、一心不乱に丘をのぼっていく。

白い壁に赤い屋根の、小さな可愛らしい家が見えてくる。

エルドの家だ。

最後に一目会いたい。

家の前にたどりつくと、ためらうことなくドアノッカーをつかんだ。

そんなに待たされることなく返事が返ってきた。

「はい」

聞き心地のいい、若い男性の声がした。

エルドだ。

それだけで安心して泣きそうになる。

感情などなくなればいいのに、と思う。毎日ただ起きて、食べて、寝る、それだけの生活に適応できていたと思っていたのに、エルドと会話をしてからつまらないと思ってしまうようになった。

「わたし。ネヴィレッタ」

「ああ。今開ける」

開けてもらえる。

中から鍵をはずす金属音がした。そしてほどなく扉が内から開けられた。

エルドが顔を出した。一本に束ねられて尾のように揺れる金茶の髪、すっきりとした目元と鼻、美しい青年だ。最初はこんなところでくすぶっているなどもったいないと思っていたが、今はここから出ないでほしい。永遠にこの家でネヴィレッタが来るのを待っていてほしい。

「……何かあった？」

彼が表情を険しくした。その顔が少し怖かった。自分は何をしても相手の機嫌を損ねる人間だ。その単純な問いかけさえ責められているように感じる。

「怒っている？」

「いや、何に？　まだ何にも話してないのに怒るも何も」

「わたしが馬鹿な女だから」

「何があったの？」

　その強張った頰は何を意味しているのだろう。汲《く》み取《と》れないのは自分が馬鹿だからか。何もわからない。

　そんなネヴィレッタに、エルドはこんなことを言った。

「顔色が真っ青だよ。それにがちがちに緊張してる。何かすごく酷い目に遭ってきたように見えるんだけど、僕には説明できない？」

「説明……」

「話したくなければ話さなくてもいいけど。吐き出したいことがあったら吐き出してほしい、程度のことだから。筋道を立てて説明するのは難しいっていうんなら、気持ちが整理できるまで黙っていていいよ」

　上がっていた肩が下がっていくのを感じた。やっと呼吸ができた気がする。

　こんなことを言ってくれる人はいまだかつてネヴィレッタの周りにはいなかった。両親はすぐ沈黙してしまうネヴィレッタを罵ったたし、マルスも説明力のないネヴィレッタに手を焼いているそぶりを見せる。ここぞという時にまともにしゃべることができないネヴィレッタは誰からも嫌われるのだ。

　でも、エルドの前では、黙っていてもいい。無理して話さなくてもいい。

　かえって話したい気持ちがあふれ返ってくる。

しかしそれすらうまく表現できなくて、ネヴィレッタはただ涙をこらえた。泣いたらさすがのエルドもいよいよ面倒臭いと感じるだろう。

「とりあえず、入りなよ」

エルドが扉をさらに大きく開けた。そして、踵を返して居間のほうを向いた。その背中がたくましく頼もしく見えた。正面から向き合っている時は細身であるように感じていたが、こうして見ているとエルドもあくまで男性で、背中が広くてしっかりしている。木綿の薄いシャツしか着ていないこともあり、肩の筋肉が見えてきそうだった。

男の人なのだ。

ヴィオレッタの言葉が、頭の中でよみがえる。

――なんてふしだらな女なんでしょう。

そんなつもりはないのに、考えてしまう。

――みんな言っているわ、頭も尻も軽い女って。

とうとう涙がこぼれた。

エルドに迷惑をかけてしまう。

「……やっぱり、帰るわ」

必死に声を絞り出すと、エルドが振り返った。涙でぼやける視界の向こう側で驚いた顔をしているのがわかった。

「ちょっと、入って」

エルドがネヴィレッタの手首をつかむ。その力の強さが怖い。引きずられる。

抵抗しなければいけないのに、入っていいと言われると、入ってしまいたくなる。

「誰が見てるかわからないから。僕が女の子を泣かせる嫌な奴《やつ》になっちゃうじゃないか」

「ごめんなさい。わたしが泣くから、迷惑をかけて……」

「いいよ、別に。泣くこと自体は。いいんだけど——」

小さな声で、付け足した。

「心配だよ」

その一言があまりにも優しくて、耐えられなかった。

声を上げて泣くネヴィレッタを、エルドは腰を支えるようにして家の中に入れた。

4

エルドの家の中は、全体的にシンプルなのがかえって洗練されて見えた。居間と寝室と台所しかないこぢんまりとした家だが、むしろおさまりがいい。乳白色に塗られた壁に汚れはない。家具は無垢材《むくざい》で統一されている。大きな窓は明るく、完全に夜が来るまで蝋燭は必要なさそうだ。床にごみやちりはない。居間の壁にドライフラワーが吊《つ》るされているのと、台所に香辛料の入った小瓶が並んでいるのが、何とも言えずおしゃれだ。若い男性の一人暮らしとはこんなものだろうか。

　エルドはミルクティーを淹《い》れてくれた。濃厚なミルクの味と茶葉の香り、何より温かい飲み物であることが、ネヴィレッタを落ち着かせてくれた。肩から力が抜けた。

「雨が降り出したね」

　エルドが窓の外を見ながら呟くように言う。

「早めに帰らないと、川沿いを通るでしょう？　危ないよ」

　帰らないといけない。それも、早めに、と思うと、胃のあたりがしくしくと痛む。

「……わたし、もうあなたに会いに来るのをやめようと思って」

　そう言うと、エルドが振り返った。

「迷惑だったわよね。ごめんなさい。わたし、あなたを引っ張り出して中央に連れていけばいろんな人に喜ばれると思っていたけど、あなた自身の気持ちを無視していたわ」

「気づいてくれて嬉しいよ」

「あなたにだって、会いたい人と会いたくない人がいるのよね。会いたくない人に会わずに済む人生って、幸せなような気がする」

「だからって、ネヴィレッタが会いたくない人に分類されるとは言ってないけど」

そう言われると、世の中にいるのは会いたい人と会いたくない人の間にどっちでもいい人がいて、ネヴィレッタはエルドにとってそこに分類されるかもしれないと思えてきた。

エルドの人生において、ネヴィレッタはどうでもいい存在だ。

彼にとってだけではない。ネヴィレッタは多くの人の暮らしにおいて必要のない存在だ。オレーク侯爵家の人たちはあしざまに言うが、外に行けばもうネヴィレッタの顔も名前もおぼえていない人だらけに違いない。

「……ごめん、言葉足らずだったかも」

そう言って、エルドがテーブルに戻ってきて、ネヴィレッタの向かいに座った。

「中央に連れていかれるのは嫌だけど、君と会うのは嫌じゃない。実は――」

「また来るかな、と思って、ちょっと期待してた」

その声が、優しい。

涙がまたもやあふれ出てきた。

「ありがとう」

こんなネヴィレッタにも優しい。

「さて、聞かせてもらおうか。なんでそんなに泣いてるの？　それに、急にもう来ないとかこれが最後とか言い出したの、なんで？」

最初は口が重かった。すべてを明かしたら嫌われるのではないか。彼は国で一番優秀な魔法使いだ。オレーク侯爵家に生まれながら魔法が使えない落ちこぼれの自分に対してどんな気持ちを抱くか。

それでも、聞いてほしかった。

聞かせてほしいと言ってもらったのは、たぶん、生まれて初めてだ。

「わたし、魔法使いじゃないの」

エルドが「え？」と驚いた顔をした。

「わたし……、わたし、魔法が使えないの」

「なんで？　君オレーク侯爵家の人間だよね」

「そうだけど……でも……」

「どういうこと？」

「わからないの。わからないの……」

それですべての勇気を使い果たしてしまった気がした。どっと疲れがあふれ出した。

「ごめんなさい……」

手の平で自分の両目を押さえる。

「こんな髪と目の色をしているのに、蠟燭に火をつけることもできないの……焼畑農業なんてとてもじゃないけどできないのよ」

「あれは僕の冗談だからいいんだけどさ」

「え、冗談だったの……？」

「まあ、そう。……ごめん」

エルドの声はそれでも優しい。

「それで？　どうして魔法が使えないだけでそんなに泣いちゃうのかな」

「使えないだけで、って……」

「魔法が使えないからって人間死ぬわけじゃないんだよ」

涙が止まらない。

それから、ネヴィレッタは自分が魔法を使えないことについて説明した。生まれつき術が発動しないこと、魔力を自分で認識できずコントロールできないこと、両親はすっかり失望して疎んじるようになってしまったこと――それは無能の烙印《らくいん》を押されて社会に出ることを諦めたネヴィレッタにとって人生のほぼすべてだった。

感情が決壊して、言葉があふれ出てくる。自分にこんなにもしゃべることができるとは思っていなかった。

リュカの母親を思い出した。

話を聞いてくれる人がいる、と思うだけで、救われる。

エルドはネヴィレッタを救ってくれる人なのだ。

「――なるほど」

ひととおり話し終えると、エルドは溜息をついた。

「何にも知らずにごめん。僕は勝手に君も優秀な魔法使いなんだと思い込んでた。無神経なこともいろいろ言ったよね」

こうして素直に謝罪できる。彼は善人なのだ。

「軽々しく君の気持ちがわかるとは言えないけど――ご存じのとおり僕は天才だの神童だのよく知らないくせに好き勝手呼ばれて育った魔法使いだし」

そこで一口、エルドも自分のミルクティーを飲んだ。

「でも、家の中で自分一人だけが異端、というのはわかるよ。僕の両親は魔法が使えなかったからね。生まれつきの能力のせいでいらない苦労をしてきた」

ネヴィレッタはついつい頷いてしまった。

「真逆のケースだけど、パターンは似ている。人間ってそういうしょうもない生き物なんだね」

そう考えると、エルドとこの世界で二人きりになったように思う。エルドだけがこの世で真に信頼できる相手で、唯一の理解者になってくれるのではないかと錯覚する。

しかし、それはそれでいいのかもしれない。むしろ、そのほうが幸福なのかもしれない。この小さな家でエルドと二人で温かい飲み物を飲みながら傷を分かち合うのは、きっと優しくて穏やかな生き方だ。

「なかなか重大な秘密を打ち明けられてしまったな。これから君と関わっていく上では知らないより百万倍マシだけどね」

負担だろうか、重荷を背負わせてしまっただろうか。ネヴィレッタは反射的に「ごめんなさい」と言ってしまった。だが、今日を限りにもう会うことのない女の子のことなどどうでもいいのではないか。

「魔法なんて使えないほうが幸せな人生を送れると思ってたんだけどなあ……」

そこでまた、お茶を飲む。彼の目は遠く窓の外を見ている。

「何なんだろうね、魔法って。魔法使いと非魔法使いってどれくらい違うんだろう。僕はこうして君と向き合っているだけだと僕と君の間にそんなに大きな違いはない気がするんだけど、君は魔法使いであるところの僕に何か思うことがあったりするの？」

ネヴィレッタは首を横に振った。

「ふしぎ。エルドと話しているのは気楽で、心が落ち着く」

「そりゃどうも」

彼がちょっとだけ笑った。

ずっとこうしていたいと、思ってしまう。

窓の外で雨脚が強くなっていく。まだ昼間にもかかわらず空は真っ暗で、どこか遠くで雷鳴が轟《とどろ》いている。

「──せっかく大切な秘密を話してくれたんだから、僕も、少し思い出話をしよう」

エルドが話し出す。

「地属性の魔法使いって、僕以外に見たことある？」

ネヴィレッタは首を横に振った。火属性の魔法使いなら家の中の自分以外の全員だ。水属性や風属性は、まだ魔法医の診断が下るまでの子供の時に会ったことがある。しかし、地属性を名乗る魔法使いの記憶はない。

「地属性は絶対数が少ないから、国じゅう、町という町、村という村を引っ繰り返して掻《か》き集《あつ》めるんだ。小さいうちから親兄弟と引き離して、王都で強制的に魔法教育を受けさせる。僕もそうだった」

ショックだった。

「ご家族と引き離されて……？」

「いや、僕の場合は親が僕を魔法騎士団に売り飛ばしたんだよ。僕が強い魔力を持っているのに気づいて、魔法の訓練のために、という建前で奉公に出して見返りとして金や土地をせしめた」

壮絶な生い立ちだった。そんなことでは魔法騎士団に愛着を持つわけがない。

「地属性なんてみんなそんなものだよ。だから、みんな、心を病んで王都を離れていくし、遺伝を恐れて子供を作らないようにするし、自ら命を絶った人もいる。そうして、地属性は年々減っていく。だから、レナート王子や魔法騎士団のみんなは、貴重な地属性の魔法使いである僕に強くこだわっている——」

その時だった。

家の外で何か大きな音がした。ごお、とも、どお、とも表現できそうな、重い響きの音だ。家がわずかに揺れた気もした。

「……何かしら」

ネヴィレッタはきょとんとして呟いただけだったが、エルドは何かを敏感に察知して立ち上がった。

彼が窓を開けた。雨だけでは消し切れない、ひどいにおいが漂ってきた。

「まずい」

窓を閉め、玄関に向かう。

「どうしたの？」

「山が崩れた」

一瞬、何を言われたのかわからなかった。

「土砂崩れだ。この前降った雨が乾燥していないところに今の雨が重なったことで、水分を吸い切れなかった山肌が流れてきたんだ」

「そうすると、どうなるの？」

「家が川に流れたり土砂に押し潰されたりする」

そこまで説明してもらってようやく状況を理解した。世間知らずで情けないが、今は落ち込んでいる場合ではない。

「僕は様子を見に行く」

「わたしも行きたい」

「危ないよ」

「でも、ここで待っているのも、ちょっと——」

怖い、とまでは言えなかった。けれどエルドは察したらしく、苦笑した。

「ここは丘の上だから土砂は流れてこないよ」

「そう、そうよね。ごめんなさい、わたしったら余計なことを——」

「ただ、逆に考えて、この家以外の周り全部が水没する危険性はあるんだよな。水浸しになる前にもっと設備が整っていて頑丈な建物の中に移動したほうがいいかも」

そして、ぽつりと付け足す。

「雨が止《や》むまでこの狭い家に女の子と二人きりっていうのは、ちょっと気まずいし……」

「あら……邪魔かしら……」

エルドが溜息をついた。

「とにかく、一緒に行こう。ただ、くれぐれも危ないことはしないと約束してほしい」

ネヴィレッタは、拳を握り締めて大きく頷いた。

5

玄関のドアを開けると、外はいつの間にかひどい大雨になっていた。バケツをひっくり返したような雨、とはよく言ったもので、視界も極端に悪くなっている。風も強く、雨が家の中に入ってくる。体は屋内にあるのに、ドアを開けているだけで服が濡れそうだった。

強烈な異臭が鼻についた。

「何のにおいかしら」

呟いたネヴィレッタに対して、エルドが答える。

「泥のにおいだ。腐った土が水分を吸収し切れなくなって山が崩れた時のにおい」

「山が……」

ぞっとした。フラック村は山に囲まれた谷間《たにあい》の集落だ。そこに泥が流れ込んだら大変なことになる。水の中を歩くことも難しいのに、水より粘度の高いものの中を歩くことがどんなに困難かは、経験はないがなんとなく想像がつく。村人たちが身動きが取れなくなってしまう。しかもそろそろ秋になる。畑に泥が堆積したら、収穫に影響が出る。

遠くから、ずず、ずず、と大きくて重い音がする。

「まだ来そうだ」

エルドがそう言いながら家の外に出た。あっと言う間にずぶ濡れになった。

「止めないと」

「どうやって？」

「決まってる」

雨の中なのでエルドの目は見えなかった。

「魔法を使う」

ネヴィレッタはごくりと唾を飲んだ。

地属性の魔法使いにはこの状況でできることがあるのか。何に対して、どういった魔法をかけるのだろう。土砂降りの雨の中では、火属性の魔法使いは何もできない。雨を止めるなら水属性の魔法使いではないか。

エルドも危ないのではないか。

彼に何かあったらネヴィレッタは後悔する。最強の魔法使いに対して心配などとはおこがましいかもしれない。けれど、大掛かりな魔法を使うのなら――そしてそれに魂を喰らうことが必要になるのだったら、ネヴィレッタの魂を喰らって使ってほしい。

ネヴィレッタはエルドの後を追いかけた。何かできることがありますようにと天に祈った。


エルドの家がある丘をおりると、まずは馬車を置いてきた停車場に向かった。特に被害があるようではなかったが、ネヴィレッタをここまで連れてきてくれた馬車が消えていた。どうやらネヴィレッタを放って帰るなり避難するなりしたらしい。ネヴィレッタはかえって安心した。この大雨の中待機しているのは危険だ。

街道を少し戻る。

フラック村から見て右手に崖があって、そこには美しい川が流れている――はずだった。

川はネヴィレッタが知っているものとは大きく姿を変えていた。泥濘《でいねい》で茶色く濁り、大きな音を立てて荒れ狂っている。水かさが増していて、平時は崖の下のはずだったのに、すぐそこまで迫ってきていた。水飛沫《みずしぶき》がこちらにまで飛んでくる。

川岸に人影が見えた。雨のせいで見えにくかったが、どうやらフラック村の人間が川の様子を見に崖をおりたようだった。

反対側の川岸、また別の崖から、ころころと小石が転がり落ちてきている。

「向こうも崩れるだろうな」

エルドが言った。そして、向かって右奥、山のほうを見た。

「上流もまずそうだ」

ネヴィレッタは背筋が寒くなるのを感じた。

流木が何本も川に対して横になるように倒れて積み重なっている。こんなに水かさが増しているのに、あの流木の山が崩れたり流れたりしたら、もっと多くの量の水が堰《せき》を切って一気に流れ出すだろう。

「ネヴィレッタ」

エルドが崖のほうに踏み出した。

「ここから何歩分か下がって、そのまま動かないで。絶対に、だ」

そう言い残すと、彼は崖の下に向かって飛び降りた。

「エルド！」

次の瞬間だった。

緑色の光があたりを包み込んだ。

ネヴィレッタは目を丸くしてその光景を見つめていた。

崖の下の、こちら側の岸辺の土が、大きく盛り上がった。そこにいた人々の足元が隆起し、川の下にあった地面が水の下、川底から現れた。こちら側の川岸が広く平らになり、川の流れが向こうのほうに移動した。

　エルドはその岸辺に何のこともなく両方の足で降り立った。

　次に、彼は左手を川の向こう岸に向かってかざした。

　また、緑色の光が、雨の中で輝いた。

　対岸、今にも崩れそうだった崖が、ふくれるように盛り上がった。そのうち盛り上がった部分の土が削れて、崖の上のほうに逆流した。崖側の壁が平らにならされ、崖の上に土の山ができる。

　エルドが振り向き、こちら側に向かって手を振った。崖に踏み段の広い土の階段ができた。

「早く上がって」

　村人たちは腰を抜かしていたようだが、エルドに「早く！」と怒鳴られると這《は》うようにして階段を上がっていった。

　雨の中、エルドが上流に向かって駆けていく。

　川を堰《せ》き止《と》めている流木のうち一本の根元をつかんだ。

　流木が光った。

　何本もの木が積み重なっていたというのに、そのすべてが、一本ずつ粉々に砕けていった。

下流に向かって少しずつ木片が流れていく。木が砕けるたびに大量の水があふれ出し、ややあって先ほどせっかく魔法で作ったはずの川岸が消えてしまったが、エルドはまた崖の壁面に岩の階段を作り出して崖を上がってきた。

川が、ごうごうと、流れていく。

ネヴィレッタはその様子を無言で見つめていた。

なんと強大な魔法だろう。

川の形を、根本から変えた。

彼が最強と言われるゆえんを、見た気がした。

美しいとすら思った。

エルドの想定どおりに、川が、流れていく。

崖の上にたどりついた彼の姿を見た。泥まみれのずぶ濡れではあったが、疲れている様子は見せなかった。いつもどおりの顔、いつもどおりの呼吸で、いつもどおりに口を開いた。

「領主館に避難しよう。あそこは村の中央で裏山の崖からも川側《かわがわ》の崖からも距離がある」

ネヴィレッタは頷いた。村の中に入ったことがないのでどんな館なのかは知らないが、領主が住むところならそれなりに立派な建物に違いない。

エルドが肩で息をしている村人たちに話し掛けた。

「ほら、ぼさっとしてないで、立って」

村人たちは呆然とエルドを見上げていた。

ややあって、そのうち一人が、声を震わせた。

「ば、化け物……！」

心の奥が、ひやりと冷える。

また別の村人が言う。

「どうか命だけは見逃してくれ」

そんな彼らを、エルドは冷たい目で見下ろしていた。

とんでもない。これは魔法であると同時に奇跡だ。エルドは川や崖の形を変えることで彼らの命を救ったのだ。

「そんなこと言わないで！」

反射的に、ネヴィレッタは大きな声を出していた。

「しっかりして。怖い思いをしたのかもしれないけど、言っていいことといけないことがあると思うわ」

そう言って、右手で村人のうちの一人の手首を、左手でまた別の一人の腕をつかんだ。

「さあ、立って。せっかくエルドに救われた命なんだから、無駄にしないで。領主館に行きましょう」

するとと、村人たちの頬にほんのり赤みが差した。きっと雨に打たれて冷えていたのだろう。幸か不幸か興奮して血が巡ってきたのだ。複雑な心境だったが、エルドが救った命をネヴィレッタも救いたい。

「早く！」

それにしても、互いの顔色が見えるほどまでに雨が弱まってきている。ピークは越えたのではないか。ネヴィレッタは村人たちの腕を引っ張りながら安心しようとしていた。

背後でエルドが言った。

「後は頼む」

首だけで振り向く。

「どういうこと？　エルドも一緒に行くのよ」

「僕は裏山のほうも見てくる。あっちが崩れたらいよいよ村の中にまで土砂が入ってくる」

「でも雨は弱まってきたわ」

「水が完全に抜けるまで何日間かは危ないんだよね」

自分の浅慮を恥じた。

そうこうしているうちにエルドが駆け出した。ネヴィレッタはその背中を見送った。

# 6

夜になって雨は完全に止んだ。ネヴィレッタは、領主館の窓から夜空を見上げて、深く息を吐いた。真っ黒な天蓋に星が輝いている。エルドは土壌が水を含んでいる限り危険だと言っていたが、やはり雨が止んでくれただけでも気持ちが少し安定した。

先ほど大きな地鳴りが聞こえた。領主館に駆け込んできた村人が言うには、土砂崩れで街道が寸断されたとのことである。生き埋めになった人もいるらしい。彼はスコップを持ち何人かの仲間を連れて改めて出ていったが、エルドとは合流しただろうか。

エルドの魔法であれば、なんとかなる、と信じたい。

領主館は煉瓦《れんが》造りで二階建ての立派な建物で、応接間や食堂、主人の書斎や寝室と、貴人が使う屋敷としてひととおりの設備が揃《そろ》っていた。客室は十部屋もあるらしい。確かに領主——この村の場合は王太子が使うのにふさわしい場所だった。レナート王子は秋から冬にかけてここに滞在して狩りなどを楽しむのだそうだ。

王都にいる王子の許可を取っている猶予はない。村長が懲罰も覚悟で管理人に交渉して村人に開放してもらっていた。管理人もさすがにこの雨では低地にいる村人が危ないと判断したようで、すぐに入れてくれたと聞く。

みんな、レナート王子は心の広い方だからお叱りにならないだろう、と言い合っていて、ネヴィレッタはいい雰囲気だと思った。上に立つ人間がこうであるだけで民が安心して暮らせる。

それに引き換え、騎士団長であるネヴィレッタの父はどうだろう。侯爵家でもあるので地方にそれなりの領地を持っているのだが、どんなやり方で管理しているのだろうか。ネヴィレッタは何も知らない。

村人はそれぞれの客室に数名ずつ滞在している。各世帯ずつ分かれているそうで、今のところは揉めているという話は聞かない。

さて、ネヴィレッタはどうすればいいのか。もうやることがなくなってしまった。帰りの馬車はない。自宅に帰れない。屋敷の人間には何も言わずに出てきてしまったというのに、今日はもう帰れる状況ではない。この領主館に宿泊するしかなさそうだ。

オレーク侯爵家の落ちこぼれが屋敷の外に出ていって、みんな恥ずかしく思うだろうか。それとも、厄介者が留守で、みんなのびのびしているだろうか。

ネヴィレッタ自身はどの部屋にいればいいのかわからない。どこに行っても邪魔者扱いをされるようなら、玄関ホールで寝かせてもらうしかない。

そう思ってホールに行ったら、ネヴィレッタを待っていたかのように玄関の両開きの扉が外から開いた。

入ってきたのは、先ほど土砂崩れを見に行った村人たちと、エルドだった。

エルドは背中に一人の青年を背負っていた。彼が生き埋めになったという人だろうか。

泥だらけでぐったりしている。

青年を床に下ろす。反応がない。

「窒息したみたいだ。間に合わなかった」

エルドが淡々と言う。

「まだ脈はあるけど、時間の問題だろうな」

村人たちは沈痛な面持ちをして黙っていた。同じ考えなのだろうか。

ネヴィレッタはぞっとした。目の前の状況を信じたくなかった。

今まさに、人間の命が、奪われようとしている。

青年のすぐそばに膝をついた。手が汚れるのも構わず、肩を叩いて「もしもし」と声を掛けた。返事をしてほしい。見ず知らずの名前も知らない青年だが、焦燥感は半端ではない。

自分の目の前で、誰かが、死ぬ。

そんな恐ろしいことが、あってほしくない。

「……う……」

うめき声が聞こえてきた。ネヴィレッタがゆすぶったのに反応してくれたのだろうか。

意識が戻るかもしれない。

慌てて声を掛けた。

「すみません、大丈夫ですか」

そして、ドレスの裾で泥にまみれた彼の顔を拭った。

目が、開いた。

次の時、彼は大きく咳《せ》き込《こ》んで口の中から泥を吐き出した。

「大丈夫ですか⁉」

青年は苦しそうな息をしながらも上半身を起こした。

そばにいた村人たちが歓声を上げた。

「ここは……？」

「領主館の玄関だ。魔法使い様が土砂をどけてお前を引っ張り出してくださったんだ」

「俺は助かったのか」

「そうだ。いやあ、よかった。本当によかった、もうだめかと思ったぞ」

ネヴィレッタは緊張が解けてその場にへたり込んだ。

「よかったです、ほんとうに、よかったです」

安心のあまり涙が出てきた。とにかく、目の前で犠牲者が出なくてよかった。他に行方不明者はいないらしいので、ひとまず人命はひとつも失われることなく済んだことになる。

村の老人が笑った。

「なんだ、お前、俺たちが声を掛けても反応しないから死んだかと思っていたのに、若い女性に声を掛けられたら意識を取り戻すとは」

青年が縮こまった。うつむき加減で、ちらりちらりとネヴィレッタを見ては小さく頭を下げることを繰り返す。

「すみません、服、汚れちゃいましたね」

自分の恰好を見下ろした。確かに泥だらけだった。しかし彼に触ったせいというだけではなく、もともとここに来た段階ですでに全身ずぶ濡れだった上に足元は汚れていた。こんなふうに汚したということを知ったら、家の人たちは烈火のごとく怒りそうだ。けれど、ネヴィレッタは妙に満足した気分で、怒られてもいいか、と思った。

村人が救われた。自分が声を掛けたからだ。

役立たずの能無しな自分でも、できることはあった。

「大丈夫です。そんなことより、あなたが無事でよかった」

自然と微笑みかけられていただろうか。青年が安心した様子なので、きっと微笑みかけられていただろう。大丈夫だろう。

「それにしても——」

青年が顔を上げ、ネヴィレッタの背後を見る。

ネヴィレッタも振り向いた。

そこに、泥だらけのエルドが立っていた。

彼は冷めた顔をしていた。どこか冷たく見えるほど感情のない目で、みんなを見下ろしていた。

「魔法使い様って、あんた――」

村人たちの間に、変な空気が漂い始める。

「村のはずれに住んでる、あの……？」

エルドが「そう」と頷いた。

「別に、誰かを喰ったりはしないけど」

玄関ホールが静まり返った。どうやらここにいる村人たちはエルドが魂喰《たまく》らいと呼ばれる大魔法使いであることを察しているらしかった。

ネヴィレッタはいまさらはらはらした。自分はエルドが人間の魂を抜き取って食べる魔法使いではないことを知っているが、周りのみんなはわからない。また何か心無いことを言われたらどうしよう。

エルドに傷ついてほしくない。

みんなを救ったのに、エルドは救われない、というのは、あってほしくない。

「あの」

勇気を振り絞って、口を開いた。

「彼は、魔法で、みんなを、助けてくださいました」

少し、間が開いた。

村人のうちの一人、陣頭指揮を取っていた村の何らかの役職にあると思われる中年の男が、口を開いた。

「心から感謝する」

ネヴィレッタは細く息を吐いた。

「変な噂はいろいろ立ってるが、あんたがいざという時には俺たちを助けてくれる魔法使いであることはわかった。ありがたい。礼を言う」

エルドも、肩から力を抜いたようだった。目で見てわかるほどはっきりと、体の強張りが解けた。

「それで、この上さらに甘えるのはちょっと申し訳ないが、村の他の箇所を片づけるのも手伝ってもらえないか。もちろん謝礼はする。金はないけど、家畜がいる」

「まあ、それなら」

エルドの表情もわずかに緩んだ。

「鶏の卵を貰えるなら、考える」

「もちろんだとも。よろしく頼む」

交渉成立だ。

エルドの魔法が人助けに使われる。その上で、エルド当人も対価を得られる。この上なく素晴らしいことだった。

いつの間にかホールに出てきたらしい、村の女性たちが声を掛けてきた。

「さあ、お嬢さん、着替えましょう。いつまでもそんな恰好をしていたら風邪をひきますよ」

ネヴィレッタはほっとした。こうして体を気遣ってくれる人がいるというのも、ここ十年くらいなかなかないことだった。自分が存在することを認めてもらえた気がした。

「ありがとうございます」

「着替えは村の娘の服をお貸ししますんで」

「助かります」

その晩、ネヴィレッタは村長に領主の寝室で寝るように言われた。恐縮してしまったが、レナート王子は怒らないでくれると信じる。

ベッドに横になった瞬間、疲労がどっとあふれ出た。ネヴィレッタは気を失ったように眠り込んで朝まで起きなかった。

＊＊＊

体を洗おうと思って家の裏にある井戸から水を汲んだら、泥水になっていた。エルドはがっかりしながら家の中に戻った。台所の甕《かめ》に溜《た》めておいた水を使うことにする。普段から水を汲み置きしておいてよかった。戦争中にメダード王国軍が水道に毒を流したせいで水属性の魔法使いが到着するまで水を使えなかった恐怖の記憶に助けられた。何事も備えあれば患いなしだ。

服の上から水を浴びて全身の泥を落とす。コップ二杯分は飲み水にするためにやかんで沸かす。

ふと、窓の外を見た。先ほどの荒天とは打って変わって美しく晴れた夜空がそこにあった。月が輝いていて明るい。

エルドは、服から水を滴らせながら、ぽつりと独り言をこぼした。

「感謝、されたなあ」

かつては、使う魔法が大掛かりであればあるほど、化け物扱いされることが増えていったものだ。川岸で腰を抜かしていた村人たちのほうが、エルドにとって見慣れた非魔法使いだった。しかし、フラック村ではどうやらそういう人たちのほうが少数派らしい。

エルドは山盛りの卵と蒸した手ぬぐいを貰って帰ってきた。

どれくらいぶりの人間扱いだろう。

それに、エルドは、ネヴィレッタの言葉が心の底から嬉しかった。

――そんなこと言わないで！

――言っていいことといけないことがあると思うわ。

――せっかくエルドに救われた命なんだから、無駄にしないで。

魔法を使ってよかった――そんなふうに思ったのはいつ以来だったか。

――彼は、魔法で、みんなを、助けてくださいました。

あの程度の魔法は大したことではない。戦争中はもっと規模の大きなことをしていた。一人で広大な森を切り拓いたし、一人で敵の砦を破壊したし、一人で敵の大隊を撃滅した。破壊という破壊を一人でこなすことができた。そんなエルドにとって、川底を隆起させたり崖の上に土砂を運んだりすることは大したことではない。

けれど、それでも、感謝してもらえる。

「ふふ、ふ」

泣きたいのか笑いたいのか、よくわからなかった。柄杓《ひしゃく》を持ったままの左手が震える。

生き埋めだった青年が息を吹き返した時のネヴィレッタの笑顔が、頭の奥から消えない。

柄杓を甕の口の縁に渡し、服を脱ごうとした、その時だ。

ドアノッカーが音を立てた。こんこん、とドアを叩かれている。

服の裾に掛けていた手をおろして、ドアのほうを向いた。

こんな夜更けに誰だろう。村でまた何か起こったのだろうか。

「はい」

ドアを開けて、そこに立っていた人物の姿を見た時、エルドは心臓が凍りついたのを感じた。

「こんばんは。お久しぶりです」

一人は、ライトブルーの長い髪をひとつにまとめて後頭部で団子にした女だった。深く青い色の瞳は湖面のように冷たく、感情のない人形のような顔でエルドを見ている。

「何だ何だ、水も滴るいい男か？」

もう一人は、肩までの銀髪の上半分だけをひとつにまとめてハーフアップにした男だった。明るい空色の瞳は軽薄そうに笑っている。

エルドは一歩、また一歩と後ずさった。

「セリケ……カイ……」

女――セリケと、男――カイは、まっすぐエルドを見ていた。この二人のほうこそ、エルドを捕まえて頭からばりばり食べてしまいそうな威圧感だった。

セリケが一歩踏み込む。彼女が手に持っていたランプの光が室内を照らし出す。

「きれいにしているのですね。几帳面《きちょうめん》なあなたらしいです」

「魔法騎士団の寮にいた頃からそうだったな。お前は整理整頓ができる子供だった」

カイもまた一歩踏み込む。

「どうしてあんたたちが……」

「あなたを迎えに来ました」

淡々とした、事務的な声だった。

「もう帰りましょう、エルド。一人遊びは終わりです」

「帰るって——」

二人を真正面から見据える。

「魔法騎士団に？」

二人は無言で肯定した。

セリケもカイも魔法騎士団の人間だ。今はどれくらいの階級になったのかは知らないが、五年前、最後に別れた時点でもかなりの地位にあった重要人物である。セリケは水属性の魔法使いの家系に生まれた魔法貴族だ。カイは民間で生まれた特異な風属性の魔法使いで、エルド同様に天才と呼ばれていた。

二人とも、今も、魔法騎士団の制服を着ている。

「話は聞きました。フラック村で戦時中に培った技術を活かせる魔法を使ったようですね」

「戦争なんかなくてもこの程度のことはできるようになってたと思うけどね」

「また最前線で魔法を使ってみませんか。これは栄誉あることです。あなたは改めて英雄と呼ばれ、爵位を授けられるでしょう」

「いらないよ」

苛立《いらだ》ちのあまり意味もなく服を引っ張ってしまう。

「だいたい、戦争戦争、って。近々やらかす予定があるの？」

「ええ」

あまりにもあっさりと肯定するので、うすら寒くなった。

「専守防衛ですが。攻め込まれたら反撃する、ただそれだけのことです。いまさら攻め入ったりなどはしません」

「当然だよ。村の惨状を見たでしょう？　この村でさえ統治できないのにこれ以上領土を増やすなんて馬鹿げている」

「レナート王子もそうお考えです。ですがメダード王国はそう思っていないようです。彼らは悪逆の王であるバジム王を名指しで非難し、国際社会が排除しないのであれば自分たち正義のメダード王国が武力で除くと言い張っています」

「馬鹿馬鹿しい。王様同士の喧嘩《けんか》に民間人を巻き込むな」

「そのとおりです。であればこそ」

セリケの冷たい瞳が、ランプの光を吸い込んで輝いている。

「あなたの出番です、エルド」

静かな静かな、秋の夜だった。

「あなたのような最終兵器が控えていると思えば、十分な抑止力になります」

それまでずっと黙ってセリケの言葉を聞いていたカイが、口を開いた。

「戦争を避けたいんだろう？　だったら、お前がここに――ガラム王国にいることをアピールすべきだ。またお前に魔法を使われたら大変なことになる、と、周辺各国に思い出させてやらないといけない」

エルドはうつむいた。

この世界において、エルドの人格は大して重要なものではない。

「頷きなさい、エルド」

セリケがとどめを刺す。

「あなたが頷かず、開戦に至った時。メダード王国がどこをどう通って進軍するのか、あなたには想像ができますよね」

フラック村を通る街道を東から西へ移動するのだ。

この村は険しい山地の中にある谷底の村だ。東西に通じる山沿いであり川沿いでもある道を通らないと交戦できない。たった今土砂で埋まったところだ。

「まあ、あなたがこの村を見捨ててどこかへ逃亡するとおっしゃるならば、私たちはそれはそれでまた考えますが」

「卑怯者《ひきょうもの》」

「魔法騎士団を万全の状態にしておくためならば手段を選びません」

そこでカイがセリケとエルドの間に入ってくる。

「今夜はこのへんにしておくか。今夜は麓の街で一泊してまた明日来る」

「明日来ようが明後日《あさって》来ようが一緒だよ」

「そんなつれないこと言うなよ。金も出るし女にもモテるぜ」

「どっちもいらない」

「んじゃ、また明日な」

そう言って、カイがセリケの背中を押して家の外に出ていった。

塩でも撒《ま》いてやろうかと思って二人を追い掛けて外に出てみると、そこにはもう誰もいなかった。風属性の魔法使いであるカイは空を飛べる。したがって障害物のない空中を一瞬で移動できる。セリケも風に乗せて連れていったに違いない。彼の能力ならそれくらいのことは造作ない。

エルドは、呆然と、月を見上げた。

フラック村に危機が迫っているらしい。

そういえば、最初、ネヴィレッタも魔法騎士団に戻ってきてほしいと言っていたのを思い出した。いろいろありすぎて忘れていたが、彼女はオレーク侯爵家の娘だからこのへんの情報も持っているのだろう。

ネヴィレッタの笑顔が浮かんだ。

この村が戦火で蹂躙《じゅうりん》されたら、彼女はきっと悲しむ。

自分が人を傷つける魔法を使ったら、彼女はきっと――

エルドはそこで考えるのをやめ、家の中に入って着替えを始めた。

# 第3章

# 1

翌朝はすっきり目が覚めた。

ネヴィレッタは、ベッドの上で上半身を起こして、大きく伸びをした。

壁紙はパステルグリーンの無地で、壁には金の額縁に入った大きな鏡が掛けられており、窓には立派な房飾りのついたカーテンがある部屋だった。フラック村の領主館の、領主のための寝室だ。

ベッドを出て、スリッパを履いて窓に近寄る。

カーテンを開け放つと、そこには透明の大きなガラス窓があった。窓の外には明るい青空が見える。

窓も開けて、外の様子を見る。昨日の大雨が嘘のような快晴だ。太陽がまぶしいくらいだ。秋の涼しい風が入ってきて心地よい。

これが、ネヴィレッタにとって、生まれて初めての無断外泊だ。

心の中がぐちゃぐちゃになる。

まずは喜びだ。あの屋敷から出ても呪いにかかって死ぬわけではないということがわかってすがすがしい。大きく伸びをしてもいい気なものだと言われる心配がない。誰かの不機嫌におびえなくて済む。

次に噴き出してくるのは恐怖だ。どんな折檻《せっかん》を受けるのだろう。いよいよもう二度とあの屋敷、あの部屋から出さないと言われてしまったらどうしよう。

帰らなければならない。

でも、帰りたくない。

窓の外は快晴だが、眼下には茶色く濁った湖と、その湖からあふれ出て荒れ狂う川が見える。エルドが、まだ数日は油断できない、と言っていたのを思い出した。前に見た時、あの川は神秘的なほどに透き通っていた。あの状態になるまではしばらく用心しないといけない。

とはいえネヴィレッタにできることはもうない。

いつまでも寝室にこもっているわけにはいかない。

ネヴィレッタが昨日着ていた服はどうなっただろうか。村の女性が洗濯してくれると言っていたので、今頃干されているのかもしれない。早くあれに着替えて帰り支度をしなければならない。気は重いが、ここは仮宿で永遠に滞在できる場所ではない。村の人々にもレナート王子にも迷惑をかける。

着替えがなかったので、少し恥ずかしかったが寝間着姿のまま廊下に出た。

そこをちょうど村の女性が通りかかった。三歳の女の子を連れたふくよかな女性だ。

昨日土砂崩れで生き埋めになった青年の姉だった。

「あら、ネヴィレッタさま。おはようございます」

明るく微笑みかけられて、ネヴィレッタは萎縮した。屋敷にいる時にこうして挨拶をしてくれる人間は血縁者も使用人も誰一人としていなかった。

「今お着替えを持っていこうと思ってたところなんですよ。朝ご飯は食堂でとっていただこうと思って、食堂に出ていくのにその恰好じゃあ可哀想じゃないかという話になって」

「ありがとうございます……」

「と言っても、大したものは出せませんけどね。パンとハムと牛乳。家畜小屋が無事だった村の若いもんが牛乳を搾ってくれてさ」

「とんでもないです、みんなが大変な時に、食事まで分けていただけるなんて……」

「なんの、この村に残った者同士、助け合っていきましょ」

胸の奥にじわりと温かいものが広がった。

対等な人間として、扱ってもらえる。

その後、ネヴィレッタは彼女が持ってきた服に着替えて朝食をとることにした。体格が似た村の女性の着替えを借りているそうだ。木綿で少し擦り切れたところがある。けれど、一人で着脱できるところや体を締め付ける部分がないところも、ネヴィレッタの好みに合った。朝食も、普段屋敷で出されている高級食材の残飯に比べれば簡素だったが、みんなと同じものを食べている、と思うと、気持ちはとても楽だった。

その、朝食がそろそろ終わろうという頃だった。

「ネヴィレッタさま」

村の少年が食堂にやってくる。ネヴィレッタは手を止めて「はい」と答えた。

「お客さんが来てますけど、通して大丈夫ですか？」

「お客さん？」

睫毛をぱちぱちと重ね合わせる。

「ネヴィレッタさまに会いたいって。若い男の人と女の人が一人ずつ、二人。ここに通してもいいですか」

「わたしに会いたい、って？」

この前レナート王子が屋敷に訪ねてきたところだったが、今度はフラック村のこの館に、と思うとちょっと怖かった。ネヴィレッタはそもそも客に会うという経験が少なすぎる。うまく対応できるか不安だ。

牛乳で一気に喉の奥の不安を飲み込んだ。

「よ……よろしくお願いします」

「はーい」

少年が軽い足取りで駆けていった。

それからややあって、少年が客人を連れて戻ってきた。ドアがノックされたので、ネヴィレッタは緊張を押し殺しながら「はい」と答えた。

ドアが開く。

入ってきたのは、氷色の髪の女性と銀の髪の男性だった。

「おはようございます、ネヴィレッタ」

少年も小走りで入ってきて、ネヴィレッタの前に置かれていた皿とコップを持って出ていく。

氷色の髪の女性に見おぼえがあった。まだ魔法学校に入るか入れないかで揉めていた時に会ったことがある。すっかり大人の女性になっているが、顔の美しいパーツにはあまり変化がない。ラニア公爵家のセリケだ。ラニア公爵家も魔法騎士の家系の名門で、彼女も優秀な水属性の魔法使いだった。

「お久しぶりですね」

セリケは余計なことは言わなかった。無表情で挨拶した。

一方、銀髪の青年は締まりのない顔で笑っていた。

「やあ、ネヴィレッタ！　思ってたよりべっぴんさんで嬉しいぜ。しかしその髪と目、いかにもオレーク侯爵家の人間って感じだな。可哀想に」

　彼のほうは記憶にない。彼はまだ二十代前半くらいなので、万が一会ったことがあるにしても当時はまだ少年で雰囲気が変わっているのかもしれない。

　青年は下品にもテーブルの上に座った。セリケが冷たい目で見て「おやめなさい」と言ったが聞かない。

「俺はカイ。風属性の魔法使いだ。よろしくな」

「こんなでも風属性の部隊の隊長です。世も末かと思います。適当にあしらいなさい」

　いまさらながら、急いで立ち上がった。

「あの」

　勇気を振り絞って口を開く。

「セリケさま、ですよね？　お久しぶりです」

「おぼえていてくださって光栄です」

「セリケさまも、今は魔法騎士を……？」

「はい。僭越《せんえつ》ながら水属性の部隊の隊長に任じられております」

　腹の前で指を組み合わせる。指先がかすかに震えている。

「それで……、あの、セリケさまとカイさま――」

「俺は庶民で侯爵家からしたらうんと格下だから呼び捨てでいいよ」

「では、その、カイ――さんは、どのようなご用件で、わたしに……」

セリケが淡々と語り始める。

「エルドと接触したようですね」

心臓が跳ね上がる。

「マルスから聞きました。レナート王子がハリノ殿を介してヴィオレッタにエルドを中央に連れ戻すように言ったとのこと。何の手違いがあってそれがあなたになったのかは興味がないので存じ上げませんが、とにかく、我々はその後押しで、魔法騎士団にとっては外部の人間であるあなたは知りえない情報をエルドに伝えてよりいっそう戦争に行きたくなるよう仕向けに来ました」

「戦争に行きたくなるよう……仕向ける……」

好きこのんで戦争に行きたい人間などいるわけがない。魔法騎士団の論理はめちゃくちゃだ。

「あの……」

ぎゅ、と、拳を握り締めた。

「エルドは、行かないと思います。魔法騎士団に戻ることを、とても嫌がっていて――」

孤独そうな彼の姿が脳裏に浮かんだ。

「彼も、人間です。ちょっと、ものすごい魔法が使えるだけの、普通の男の人です。それで……、とても優しい人です。ここで土いじりをしているのが幸せなんじゃないでしょうか」

自分が真っ向から人に歯向かうようなことを言うとは思っていなかった。こんなふうに意見できるようになるとは、フラック村の空気がそうさせるのだろうか。

しかしセリケは一切動じなかった。彼女は相変わらず感情の揺れ動きのない声で続けた。

「この村で土いじりを続けるのは難しいでしょう」

「どう、して……?」

「この村が戦場になるからです」

ネヴィレッタは目を丸くした。

「あなたも通ってきたかと思いますが、この村は山に挟まれています。メダード王国軍がローリアに大隊を進軍させるにはここを通過するほかありません。また、この村には川や湖があります。水場を押さえるということは戦略上大きな意味があります」

「そんな……」

絶句する。

セリケはなおも続ける。

「レナート王子はこのことを承知の上でエルドに土地を貸し与えたのだと思われます。そして、エルドが暮らしていくうちにこの土地に愛着を持つであろうことも。エルドはこの土地を守るためならば戦うでしょう。あとは我々がお膳立てするだけです」

「まあまあ、セリケ、あんまり怖い顔せず」

カイが間に入ってくる。

「ありがとな、ネヴィレッタ。エルドは村の人間と関わったことで今心が揺らいでいるっぽい。ネヴィレッタが声掛けをしてくれたおかげだと思うんだよね。助かるわあ」

ショックだった。そこまで深く考えていなかった。ただ単純に村の人々を助けたかったこと、それにエルドが付き合って手を貸してくれたものだと思っていた。自分の行動にそんな深い意味などなかったのだ。

「さあ、ネヴィレッタ」

セリケが迫ってくる。

「あともうひと押しです。あなたからもう一度言ってください、村を守るために魔法騎士団に戻りなさいと」

ネヴィレッタは床を眺めたまま、何も言えなかった。

## 2

セリケとカイは、沈黙してしまったネヴィレッタを見て、これ以上の会話は無理だと判断したらしい。呆《あき》れられてしまったのかと思うと悲しかったが、実際に無理なものは無理だ。複雑な心境で見送った。

そして、すぐに領主館を飛び出してエルドの家に向かった。

エルドに会おうと思った。けれど、それは、戦争に行くこと、魔法騎士団に戻ることを促すためではない。セリケやカイに流されず、自分の意思を尊重してほしい、と言いに行くためだった。

彼に村と関わるきっかけをもたらしたのはネヴィレッタだ。責任を感じる。

ところが、エルドの家にたどりつく前に、村人である中年男性二人の会話がすれ違いざまに耳に入ってきて立ち止まった。

「いやあ、助かるね。周りの村から人を集めなくてもよさそうな感じだ。それもこれも全部エルドのおかげだな」

「本当にな。こうなってくると、なんだか悪いことしたな。地属性の魔法使い様っていうのは、ああいう魔法の使い方するんだ」

ネヴィレッタは村人たちを「すみません」と呼び止めた。

「エルド、今、どこかで魔法を使っているんですか？」

村人たちが朗らかな顔で「ああ」と答える。

「道の土砂をどけてくれてるよ。すごい勢いでな。ありがたいことこの上ない」

「どこの道ですか」

「隣町に続く大きな街道だ。あそこがふさがるとまるっきり人の行き来ができなくなるっていう、一番広い街道だよ」

「見に行ってきます」

「どうぞ」

ネヴィレッタは小走りで村の囲いの外を出た。


すぐにわかった。

村人たちの言うとおり、一番大きな街道が土砂崩れで埋まっていて、エルドはその土砂をどける作業をしていた。

エルドが手をかざすと、土砂が逆流して崖をのぼっていく。えぐれていた崖が元どおりの形になっていく。周りで見物している村人たちが歓声を上げる。

「エルド」

後ろから声を掛けた。彼が振り向いた。特になんということもない顔をしている。

「朝からずっとこの作業を?」

彼は頷いた。

「水を抜いて、崩れないように形を整えて——とやっていたら案外時間がかかってるな。一気にやってもいいんだけど、周りは見ていて不安だろうし、また下に土砂が流れないようにちょっとずつやろうかな、と気を遣っちゃってさ」

そうして苦笑する彼を見て、ネヴィレッタはほっとした気持ちになった。

「すごいわね、エルドは」

エルドが少し、表情を緩める。

「大きな魔法を使えるだけじゃなくて、周りにも気遣いができて。みんなの理想の魔法使いだと思うわ」

「そうかな」

「そうよ。とびっきりひとの役に立てる魔法を使う、本物の大魔法使いさまだわ」

ネヴィレッタがそう言うと、エルドは後ろを向いた。急に背中を見せたので何か言ってはいけないことを言ってしまったかと不安になったが、次の時、彼はぽつりと呟いた。

「なんか、照れる」

どうやら喜んでくれているらしい。そう言われると、ネヴィレッタも嬉しくなってくる。

彼は黙々と作業を再開した。濡れた土砂から水が噴き出す。完全に乾き切らないうちに崖の上へ魔法で滑らせるような形で運ぶ。土砂が上まで行くと、崖の上の木々が根を伸ばして土を押さえ込んだ。どうやら植物まで使役できるようだ。

ややあって、街道が平らにならされた頃だった。

街道の向こう側から、馬に乗った人物が近づいてきた。

「お客さんか？」

村の誰かが呟く。

「こりゃまたいいタイミングで」

しかし、ネヴィレッタはその騎馬の青年が近づいてくるにつれて血の気が引いていくのを感じた。

赤い騎士服をまとった、筋肉質の、夕焼け色の髪の青年――ネヴィレッタの兄マルスだ。

彼は強張った表情でこちらを見ていた。

心臓が破裂しそうなくらいに強く脈打つ。

「ちょうどいいところに」

すぐそばまで来たところで、マルスが馬からおりた。

彼はまずネヴィレッタの手首をつかんだ。そして、引きずるようにして自分のほうへと近づかせた。

「いたっ」

「勝手なことをして」

反射的に「ごめんなさい」という言葉が出た。怒られる、怖い——それがすべてだ。ここがどこで誰が見ているかなど関係ない。この髪と瞳の人はみんなそういう存在なのだ。

「カイに聞いた。お前、この村でずいぶんのびのびやっているそうだな」

「ごめんなさい、ごめんなさ——」

ところが、そこに割って入ってきた人がある。

「落ち着いて」

エルドだ。

彼はネヴィレッタの細い手首をつかむマルスのそのまた太い手首をつかんで、「離しなよ」と言った。

「妹が心配なのかもしれないけど、だからといってこんな乱暴な扱いをしていいわけじゃない」

心配であるわけがない。オレーク侯爵家の恥が外部に漏れたことに対する怒りだ。しかしマルスの前で硬直してしまったネヴィレッタにその言葉を口にすることはできない。

マルスが口を開いた。

「久しぶりだな、エルド」

エルドが「お久しぶり」と答える。

「僕は会いたくはなかったけど――」

そこまで言いかけてから、顔をしかめる。

「いや、会えてよかったよ。ちょっと言いたいことができたんだ。わざわざそちらから出向いてくれたのは幸運だと解釈しようか」

マルスも険しい顔をして「そうか」と言った。ネヴィレッタから手を離す。エルドもマルスから手を離した。

「俺もお前に話したいことがある。セリケやカイとかぶるから耳にたこができているかもしれないが、魔法騎士団の次期団長としてもう少しお前に詳しい情報を提供してやれるぞ」

「そりゃどうも」

エルドとマルスの間の不穏な空気を察知したのだろう。エルドの魔法を見物していた村の子供が、か細い声を出した。

「おにいちゃんたち、けんかは、よくないよ……」

マルスが大きな声を出す。

「貴様ら庶民には関係のないことだ。見ていないで散れ」

エルドも少し大きな声を出した。

「村の人間相手に高圧的な態度に出るな。なにが庶民だ、魔法使い様がそんなに偉いのか。反吐が出る」

「なんだと？」

村の子供が険悪な空気におびえたのか泣きそうな顔をした。ネヴィレッタは、その姿に両親の怒鳴り声でおびえていた子供の頃を思い出した。こんな小さな子供に恐怖心を与えたくない。しかもエルドにはただでさえ魂喰《たまく》らいという恐ろしいあだ名がついている。本来は優しくておとなしい青年だ。今はその印象を払拭しつつあるところである。そんな時にこれ以上嫌なイメージがついてほしくなかった。

「大丈夫よ、心配しないで。喧嘩にはならないわ」

ネヴィレッタの言葉に、二人は我に返ったらしい。まだ何か言い足りないことはあるようだったが、二人は向き合うのをやめ、息を吐いた。

「作業は終わったのか？」

「まあ、もう通行できる状態になったし、あとの細かいところは村の人に任せるかな」

エルドがそう言うと、村の壮年の男性が出てきて「大丈夫です」と言った。エルドは彼に「また何かあったら言って」と告げた。

「僕の家に行こうか。ゆっくり話をしようじゃないか」

「おお、よろしく頼む」

どうしたらいいのかわからなくておどおどしていたネヴィレッタに、エルドが言う。

「ネヴィレッタも行こう。一緒に話を聞こう」

そう言われて、ネヴィレッタは、頷いた。

「これから先。村がどうなるのか、一緒に向き合ってくれないか」

覚悟を決めないといけない。

これは、ネヴィレッタが始めたことなのだ。

「はい」

3

エルドの家のダイニングテーブルにはセットの椅子がひとつしかない。家主が同居人を想定していないからだろう。しかし、その椅子の他にエルドが寝転がれるくらいのサイズのソファもひとつある。

エルドは、ネヴィレッタとマルスをソファに座らせると、自分はダイニング用の木の椅子をソファの真正面に持ってきて座った。

ネヴィレッタはひどく緊張した。兄と二人並んで座るのなどどれくらいぶりだろう。

兄は何も言わずにまっすぐエルドを見ていた。エルドも、にらむように、挑むように、マルスを見ていた。

「ずいぶん戦争をしたいみたいじゃないか」

口火を切ったのはエルドだ。

「最初にネヴィレッタが来た時はレナート王子のやつ僕をからかってるのかなと思ったけど、セリケやカイまで出てくるとなると、ただ事ではない。あの二人もそろそろ幹部級の地位についてるんでしょう？」

「お察しのとおりだ。セリケは水属性の部隊の隊長、カイは風属性の部隊の隊長になっている」

「火属性は？」

「今は俺が隊長をやっている。だが親父《おやじ》もそろそろ団長の座を退いて役員に昇格する頃合いだ。俺が後を継いで、その次はヴィオレッタを据える。まあ、ヴィオレッタはまだ学生だから、しばらく見習い期間を設けると思うが。兄の俺が言うのはなんだが、なかなか腕は立つから、後は実戦投入で様子見というところだな」

「地属性は相変わらずなし？」

「もう何年もお前が唯一無二だ」

「あっそう。そりゃレナート王子も帰ってきてほしいわけだ」

マルスが溜息をつく。

「レナート王子とバジム王、爆発寸前までこじれてきたぞ」

それを聞いて、ネヴィレッタは目を瞬《また》かせた。そういえばあまり仲良くないというようなことをうっすら聞いた気がするが、それが戦争とどう結びつくのか。二人はあくまで親子で、両方ともガラム王国の王族だ。

マルスとエルドが話を続ける。

「バジム王は相変わらず戦争したがってるの？」

「そこまで積極的にしようと思っているわけじゃないみたいだが、戦争をしたくない息子の話を聞かないんだよな」

「プライドが高いから年下の人間の言うことなんて聞きたくないんだろうな」

「メダード王国の王も年下で、バジム王はこの王も言うことを聞かない若造だと思っているんだと思うぞ。よせばいいのにお互い突っかかる。諸外国はもうバジム王に見切りをつけてレナート王子に譲位してもらって王子にメダード王国との交渉役をやってほしいらしい。でもバジム王はがんとして動かない。いや、ますます意固地になっている」

「レナート王子もお父さんに王冠くれって言ってるわけ？」

「表立っては言わないが、家臣団が王冠を貰ってきてくれという雰囲気だ。もちろんうちの親父もレナート王子に王冠を貰ってきてほしい派だ。王子本人はのらりくらりと前向きに検討するという感じだな」

魔法騎士の家系であるオレーク侯爵家は、魔法騎士団に甘いレナート王子に肩入れしている。一方、バジム王は軍事力的にも政治権力的にも魔法騎士たちが力を持つことをたいへん嫌っている。そのひりひりした空気はネヴィレッタもまだ社会に馴染《なじ》もうとしていた小さい頃から感じていた。

「バジム王は国外でも国内でも追い詰められている。もう武力闘争でしか力を示せないと思っているようだ」

「いい迷惑だ」

エルドが吐き捨てる。

「犠牲になるのはいつも民間人なのにな。権力者たちのくだらないパワーゲームに振り回されて、パフォーマンスの下敷きになる」

マルスが渋い顔をした。

「本音を言うと、俺はお前を魔法騎士団に連れ戻したいとまでは思っていない」

エルドが驚いた顔をした。

「俺たちはお前の少年時代を台無しにしてしまったと思っている。現に、お前が親父に辞表を叩きつけて出ていった時、俺は止めなかっただろう？」

「まあ……言われてみればそうだったね」

「今回もレナート王子の手前なのでお前に形式的に帰ってきてくれとは言うが、最終的な判断はお前にゆだねる」

そして、苦笑する。

「でも、お前は責任感が強いから、こういう言い方をすると気にするだろうな、というのもわかっている。卑怯ですまんな」

エルドが唇を引き結んだ。

「どのみちこの村での生活を続けるなら巻き込むことになるだろうしな。嫌なら今のうちに引っ越し準備でもしろ」

ネヴィレッタは胸が痛んだ。兄の言うとおり、エルドは優しいから、こんな話を聞かされても冷淡に村を出ていくことはしない気がする。

セリケに聞いたが、ここは交通の要衝というものらしい。戦時中にはこの村の奪い合いになるかもしれない。

リュカの母親の言葉が浮かんだ。

フラック村の人々は、メダード王国の領土に戻りたくない。レナート王子の善政を期待して、日々なんとか暮らしをつないでいる。

エルドが溜息をついた。

「話変わるけど」

急な方向転換に、ネヴィレッタだけでなくマルスも驚いた顔をした。

エルドは不愉快そうな顔をしている。

「マルス、僕には優しげだね。ネヴィレッタには冷たいみたいなのに」

指摘されて、マルスは息を呑《の》んだ。

エルドが続ける。

「ネヴィレッタ、すごく悩んでるみたいだけど。自分は魔法を使えなくてオレーク侯爵家の面汚しになってる、って。そんなのマルスが一言魔法が使えようが使えまいがお前は俺の妹だって言ってあげれば済む話なんじゃないの。ねえ、次期ご当主様で次期団長様のマルス様？」

ネヴィレッタは慌てて首を横に振った。

「お兄さまにそんなに甘えられない。わたしが魔法を使えないのは事実だもの。お父さまもお兄さまも、妹も、みんな魔法が使えるのに。お母さまだって若い頃は魔法騎士をやっていたと聞いたわ。わたしだけ何もできないのに、かえって特別扱いさせるようで良くないと思う」

「あのねネヴィレッタ」

エルドの声が冷たい。

「こいつらがしているのは、非魔法使いへの差別だ。魔法使いのヴィオレッタを優遇して、非魔法使いのネヴィレッタを冷遇している。これはね、人間として許されないことなんだよ」

初めて言われたことだった。体の中で雷鳴が轟いたかと思うほどのショックを受けた。

「魔法が使えないからといって意思や感情がないわけじゃない。むしろ魔法を使えないぶん不便な生活をしているはずなんだ。家の中で一人だけそうなのなら、むしろ特別扱いされてしかるべきだと僕は思うんだけど」

胸の奥が熱くなる。喉から熱を持った感情が飛び出してきそうになる。

この十年以上、もしかしたら生まれた時からずっと体にまとわりついていたかもしれない価値観が、めりめりと音を立てて剝がれ落ちる。

マルスはうつむいていた。拳を強く握り締めて黙っている。怒っていないか不安になった。けれど、もし怒っていても、大丈夫な気もした。ここにはエルドがいるからだ。

エルドなら、ネヴィレッタの味方をしてくれる。

「……難しい」

呟くように、マルスが言う。

「母の――父の後妻の機嫌を損ねると長いんだ。ただでさえ俺とネヴィレッタは彼女の実子ではないのに、これ以上不愉快な思いをさせたくない」

「魔法騎士様ともあろうものが、たった一人の不機嫌に支配されて態度を変えているということか」

「すまん」

「謝るべきは僕じゃなくてネヴィレッタじゃない？」

兄がちらりとこちらを見た。ネヴィレッタは緊張したが、背筋を正してまっすぐ兄を見つめ返した。大丈夫だ。ここにはエルドがいる。

負けない。

「……申し訳ない」

そう言ってから、彼は目を背けた。

心の中から何かが抜けていく。何か、とは、よどみ、だろうか。そうしてぽっかりと空いたスペースに何を詰めよう。

体が軽くなった気がする。

「だが……、俺は次期当主であって当主ではないからな」

「弱虫」

「勘弁してくれ」

そこまで言うと、彼は立ち上がった。

「急に押しかけてきて悪かったな。言いたいこと、話したいことは終わった」

「逃げるのかよ」

「用事が済んだんだ。言っただろ、俺はお前を強引に連れ帰りたいわけじゃないんだと」

エルドはまだおもしろくなさそうな顔をしていたが、マルスはドアのほうに向かった。

「ネヴィレッタはどうするの」

その問い掛けに、兄は首だけ振り返った。

目が合った。

すぐ逸《そ》らされた。

「この村でしばらく預かってくれないか？　ネヴィレッタがいないだけで家の中が呼吸しやすいんだ」

エルドは「サイテー」と言ったが――

「そうね、わたし、ここにいる」

呼吸しやすいのはネヴィレッタもだった。あの家に帰ったところで居場所はないが、この村の人々は親切にしてくれるし、ネヴィレッタもこの村の人々のためには何かをしたいと思えるようになっていた。

「さようなら、お兄さま」

ネヴィレッタがそう言うと、マルスは苦笑して出ていった。

## 4

それからしばらくの間、ネヴィレッタとエルドはフラック村で平和に過ごした。

平和、といっても村人たちの浸水した家々の片づけを手伝っていたので、決して能天気に過ごしていたわけではない。けれど、屋敷の中にひきこもって日がな一日夜が来るのを待っているだけの生活を送っていたネヴィレッタにとって、村人たちとの共同作業に精を出す日々は充実していた。

怒鳴る人もいない。打つ人もいない。ネヴィレッタはやはり少々どんくさかったが、汚れた雑巾を川の水で洗って持って帰ってくるとたいへん喜ばれた。水仕事で手はかさかさになった。それでもそれと引き換えにしてでも得られる何かはあった。

川は少しずつ落ち着いていって、やがてもとの清流に戻っていた。見慣れた川辺には水鳥が戯れていて、透明な水の中には水草の茎が見えた。

森に本格的な秋が訪れていた。

木の葉が先端から赤く染まっていく。鳥になって上空から見ることができたら、世界はきっと今、まだら模様になっていることだろう。

鳥といえば、温暖なガラム王国には越冬のために寒冷なメダード王国から飛来してくるものがある。

湖の岸辺で遊んでいる水鳥を見て、エルドが「秋だな」と呟いた。それまでネヴィレッタは秋になると渡り鳥が来ることを知らなかった。

エルドは自然とともに生きている。それを感じたネヴィレッタは、自分たちが生きているこの大地の大いなる力を思う。そういう生き方をしてみたい。外の空気をたくさん吸って、季節の移り変わりにこの身をゆだねたい。人間の生き物としてのあるべき姿のように思えた。

今日、ネヴィレッタとエルドはきのこ狩りに出た。

エルドの家よりさらに森の奥へ進むと、小さな川が流れている。飲み水を産出する泉から大型の水鳥が飛来する大きな湖に注ぐ川だ。その川べりでは朽ちた倒木や苔《こけ》むした土が地面を覆っていて、無数のきのこが顔を出していた。

今日のネヴィレッタは、湿った土の上を歩ける木靴、膝丈の動きやすいワンピースの下に裾を絞ったズボンを身に着けていた。長時間動き回ることを想定していないドレスでは、野を歩き土に触れるエルドについていけない。汚れたらいつでも気兼ねなく着替えられるというのもいい。髪もひとつに束ねた。妙にすっきりした気分だった。

エルドも農作業で着ている木綿の服の上にジャケットを羽織っている。首には手ぬぐいを巻いている。こうしていると、地域で一番の美青年、くらいの雰囲気で、とても王と王子が奪い合う強力な魔法使いには見えない。素朴で静かな日常生活を送る、どこにでもいる青年の姿だった。

ネヴィレッタが赤いきのこに手を伸ばすと、エルドが「それはだめ」と止めた。

「その赤いのは毒きのこだから触ったらだめだ。手がかぶれるよ」

「えっ。おぼえておくわ」

それにしても、きのこというものは無限に種類があるように思われる。エルドはきのこの種類をひとつひとつおぼえているのだろうか。

エルドが自分の足元のきのこを摘んだ。そして、ネヴィレッタに見せた。ネヴィレッタはちょっとたじろいだ。ぼこぼこした奇怪な形状のかさだ。

「すごい形ね」

「煮るとおいしいんだよ」

「食べられるの？」

「うん」

彼は嬉しそうな顔をしている。

「これは高級食材なんだよ。高値で売れるんだ。貴族の家に卸すこともあるらしい」

「それじゃわたしも食べたことがあるかも」

「きっとね」

優しい手つきで籠に入れる。

「なんだかすごい幸運に出会った気分だな。いいことがありそうだ」

きのこひとつでそんなに幸せそうなことを言うエルドを見ていると、胸の奥がきゅんと鳴る。

「それから、ほら」

倒木に生えていた幅の広いきのこを剝《む》く。

「これは細かく裂いて漬物にするとおいしい。パンに塗ってもよし、パスタに和《あ》えてもよし、焼き魚に添えてもよし」

想像するだけでお腹《なか》が空《す》いてくる。

「それからこっちの大きなものは半分に切って網で焼く」

「網で焼くの？」

「家の前で火を焚《た》いて、鉄製の目の粗い網を乗せてその上で炙《あぶ》るんだ。そしてとろけたバターをかける。もう、最高だよ」

「素敵ね。いつやる？」

「今日これからやってもいいね」

彼が微笑む。

「今日でも、明日でも、明後日でも。こうして暮らせたらいいね」

ネヴィレッタは泣きそうになった。

この時間は永遠に続くものではないのか。いつか終わるのだろうか。こんなにも愛しく楽しく幸せな時間が、失われる日が来るのだろうか。

こんなにも奪われたくないと思うものができる日が来るとは、思ってもみなかった。

ネヴィレッタは、今まで、どんなものでも失ったら失ったで嘆くだけで行動を取ろうとはしてこなかった。ヴィオレッタに奪われても、両親に取り上げられても、ネヴィレッタはひっそり泣くだけで何も言わなかったし何もしなかった。けれど、この時間が失われそうになった時には自分は抵抗するだろう。奪われまいとするだろうし、奪われたら取り戻しに行こうとするだろう。

エルドと過ごす時間より大切なものはない。

「泣かないで」

首元の手ぬぐいで手を拭いてから、エルドはネヴィレッタの頬に触れた。いつの間にか涙がこぼれていたらしい。

「僕が守るよ。ネヴィレッタがこうして静かな日々を送れるように」

ネヴィレッタは首をゆるゆると横に振った。

「あなたがいなければ何の意味もない」

涙がほろほろと流れ落ちる。

「戦争になんて行かないで」

抑えた声の、だが全力の、全身全霊をかけた言葉だった。

「魔法騎士団になんて戻らないで。ずっとここにいて。わたしと一緒に」

エルドが籠を地面に置いた。一歩こちらのほうへ踏み込んできた。体と体の距離が縮まった。

彼が両腕を伸ばした。

抱き締められた。

最初は軽く優しく、それから徐々に腕の力を込めて、しっかりと身を寄せ合った。

エルドは何も言わなかった。ネヴィレッタも何も言わなかった。遠くから水鳥の鳴き声がするのだけを聞いていた。

永遠にこうしていられたらいいのに。

しかしそんなネヴィレッタの思いに気づかないのか、エルドはそれ以上何もせずに離れていった。

「帰ってきのこを焼こうか」

ネヴィレッタは無理に笑顔を作って「ええ」と頷いた。

数日後のことだ。

その日の昼食はエルドが作ってくれたパスタを食べた。小麦は村の近辺で育ったもので、片づけを手伝った謝礼として分けてもらったらしい。数々の野菜はエルドが丹精込めて育てたもので、夏の終わりと秋の初めが交ざり合っている。注《つ》いでもらった水は近所の清らかな泉から汲んできたものだ。どこをとっても文句のつけようがない。

エルドの家のダイニングテーブルで、向かい合って食べる。

この家のダイニングテーブルの椅子は、一昨日まで、ひとつしかなかった。それを、昨日、エルドがネヴィレッタのためにともうひとつ作ってくれた。

エルドは木工も得意だ。魔法で木を切り出してきて成形することができる。ネヴィレッタにはよくわからなかったが、魔法で木の繊維を分けたり千切ったりできるらしい。しかし、釘《くぎ》を打つのとニスを塗るのは手作業だった。いずれにしても彼は手先が器用なのだ。

新しい椅子に座って、エルドと二人向き合って食事をとる。

「貴族のご令嬢の口に合うかな」

「とってもおいしいわ！　こんなにおいしい食事なんてどれくらいぶりかしら」

お世辞ではなかった。屋敷ではもっと豪勢な料理が出ているはずだが、ネヴィレッタはこのパスタよりおいしいものを食べたことがない。

たっぷりの野菜はしゃきしゃきとした歯ごたえだ。麺はもちもちとしていてこしがある。

何より、エルドとのおしゃべりが心と体に染み渡る。

エルドとのおしゃべりは他愛のないものだった。それが本当に嬉しかった。何にも考えなくていい。思いついたことを思いついた順に口から出していい。相手の顔色を窺って言葉選びをしなくていい。何を言っても怒られなくて済む。

時々支離滅裂なことを言っていないか心配にはなった。言葉が途切れてしまったこともある。だが、エルドは急《せ》かしたりなじったりしなかった。

対するエルドは、本来はそんなに口数の多い青年ではないようだ。初対面では厳しいことを言われたし、ネヴィレッタの家族のことも平気で罵るので口が回るタイプなのかと思っていたが、彼も彼なりに自分の心を守るために言葉で武装していたのだろう。

食事中のエルドはずっとネヴィレッタのおしゃべりに相槌《あいづち》を打っていた。けれど、嫌そうな顔をするわけでもない。時々「それで？」「それから？」と優しく続きを促してくれた。

話を聞いてくれている。

意思や感情があるということを認めてくれている。

存在を認めてくれている。

生きている、ということを感じられる。


食事の後は森の中を散策した。

水を汲んだという泉に案内してもらった。こんこんと湧き出る透明な泉は美しく、どんな宝石でもこの青い色は出せないだろうと思った。

泉のそば、大きな木の根元に転がって木漏れ日を浴びる。二人で何の会話をするわけでもなく、木の葉越しに見える太陽を見上げる。気温はまだまだ高いが、太陽が傾くのは早い。

もうすぐ夕暮れだろう、という時になってから、エルドは起き上がり、家の中に戻った。そして、清潔なシャツとズボンに着替えた。前開きのシャツはきちんとした襟付きで、火熨斗《ひのし》を当ててあったらしくぱりぱりとしている。軽くタイを締め、革靴を履くと、そこはかとなく品が出た。

「じゃ、行こっか」

「どこへ？」

きょとんとしているネヴィレッタに、エルドが苦笑した。

「君の家へ」

背中がぞわりと寒くなる。急に心臓が胸から下に落ちたような感じを覚える。

「領主館ではなく？」

「中央のオレーク侯爵家へ」

「どうして？」

もう二度と帰らなくてもいい気がしていた。マルスもずっと戻ってこなくてもいいというようなことを言っていた。

ここはネヴィレッタにとって楽園だ。初めて人間らしくいられる、ありのままの自分でいられる空間だ。

エルドが用意してくれた、二人分の椅子のある家から、追い出される。

「ネヴィレッタ」

エルドが苦笑して、手を伸ばした。大きな手が、ネヴィレッタの頬に触れた。

いつの間にか、そこに涙の粒がこぼれていた。

「帰ることを想像するだけで泣いちゃうようなところに帰さなきゃいけないのは、僕も心苦しいよ」

そして、少しだけ視線を落として言う。

「ずっとここにいたら、って。言ってあげられたらいいんだけどさ」

「だめかしら」

声が震えてしまった。すぐ泣く面倒臭い女の子だと思われたくないのに、耐え切れなかった。

「わたし、ずっとここにいたいわ。こんなの初めてなの。わたし、どんなことでもお父さまやお母さまにだめと言われれば諦めてこられたけど、ここでエルドと暮らすことを取り上げられたら――」

そこまで言いかけて、自分の無謀さに苦笑する。

「ごめんなさい。なんだか押しかけ女房みたいね」

エルドは優しく首を横に振った。

「君の両親に会って話をしてみるよ」

「何の？」

「ネヴィレッタを解放してくれないか、って」

「解放？　って、どういうこと？」

「ネヴィレッタがオレーク侯爵家から出ていくことを、正式に認めさせたい」

下がっていった心臓が、肩のほうへと上がってくる感覚がある。

「それって――」

出ていって、たどりつく先は、と考えた時、ネヴィレッタは頬が熱くなるのを感じた。

ひょっとして、この家なのか。エルドと一緒に暮らせるのか。

それはどんなに幸福なことだろう。

優しいエルドに、価値のある人間として認めてもらって、二人での生活を始める――

そんな甘美な妄想を始めたネヴィレッタに、エルドがあっさり言った。

「フラック村へ。レナート王子に領主館を譲ってもらえるように言おう」

「そ、そうよね。いやだわ、わたしったら」

「え、なに？」

「ううん、なんでもない」

それでも構わないではないか。エルドの家までは徒歩で四半刻《はんとき》もしないのだ。いつでも気軽に会える。朝から使用人たちの顔色を窺って馬車に乗り、半日近く揺られて過ごして、くたくたになってから自分が笑顔を作れるかどうか気にしながら会う、ということはなくなる。朝会って夜別れるまで、ぎりぎりまでともに過ごしてもちゃんと寝床にありつける。

「レナート王子にも会わないとな」

「うまく言えるかしら」

「僕が言うよ。僕のわがままなら聞くだろうからさ」

本当にそうだろうか。レナート王子こそエルドに魔法騎士団に帰ってきてほしいと言い出した張本人だ。

「変な交換条件を出されたりしないかしら」

ネヴィレッタの言葉に、エルドは苦笑した。

「聞くだけ聞いてみよう」

ぎゅっと、胸の奥をつかまれる。

「あのさ」

エルドが真正面からネヴィレッタに向き合う。

「君さ、気づいてる？」

「何に？」

小首を傾《かし》げて訊ねると、予想外のことを言われた。

「この村で暮らし始めてから、笑顔が増えたよ」

驚きのあまり目を真ん丸にした。

「その笑顔を、守れたらいいな、と思うよ」

また泣きそうになるのを、ぐっとこらえる。

「さあ、行こう」

エルドが、家の扉を開けた。

ネヴィレッタは、その後に続いた。

## 5

エルドとネヴィレッタがオレーク侯爵邸についたのは、夕焼けの美しい時間帯だった。ちょうどネヴィレッタの髪色の頃だ。

のんびり馬車に乗っていると夜になってしまうので、村の長老に事情を説明して乗馬ができる馬を借りた。馬は従順で扱いやすく、二人分の体重にも文句を言わないでくれた。

ネヴィレッタは当然馬には乗れなかったが、エルドは元魔法騎士だ。魔法騎士は魔法使いであると同時に騎士でもある。乗馬の技術に自信があるとのことで、当たり前のように二人乗りを提案した。

フラック村からオレーク侯爵邸までの間、二人はほぼ無言で過ごした。

エルドがいろいろと考え事をしているようだったので、邪魔をしないように、と思ったのもある。

しかしそれ以上に、体が密着しているという緊張感がネヴィレッタを黙らせた。

エルドの体温の温かさや筋肉の動きを感じる。干し草に似た爽やかな香りがする。

ネヴィレッタは、名前を知らないこの不思議な感情が彼に伝わらないといい、と祈りつつ、時々馬の振動に驚いて体を硬くした。

屋敷につくと、対応したのは古くからこの家に仕えている初老の家令だった。彼はエルドが魔法騎士団に入った時からエルドを知っているらしく、特に説明しなくてもおおよその事情を把握していた。

ネヴィレッタの両親は、今、ラニア公爵夫妻と観劇に出掛けているらしい。このご時世に能天気なものだ。ネヴィレッタは魔法騎士団の幹部が遊びに出掛けて大丈夫なのかと不安になったが、家令から、あまり警戒しすぎて非常事態であることを対外的に知られてしまうのもよくない、という説明を受けた。そう言われればそうかもしれない。一般民衆をいたずらに動揺させないほうがいい。

「じゃ、先にレナート王子に当たるか」

「レナート殿下とのお約束のお時間はいつ頃ですか」

家令にそう訊ねられて、エルドは「約束なんかしてません」と答えた。

「向こうはあの手この手を使って僕を引きずり出そうとしてるんだからさ。せっかく僕のほうから会いに来たのに断るなんて許さない」

「強気ですな」

「僕は僕の価値を知ってるんです」

不意に少女の声が聞こえてきた。

「ひょっとして、あなたがエルドさまですの？」

あまり大きくない、震えている声だった。

声のしたほう、階段のほうを見ると、ヴィオレッタが二階からこちらを見下ろしていた。

彼女は最初のうちこそ強張った表情をしていたが、エルドと目が合うと、ほんのり頬を染めた。

「そうだけど」

久しぶりにエルドのちょっとつっけんどんな声を聞く。ヴィオレッタを警戒しているらしい。

しばらくの間、ヴィオレッタとエルドは見つめ合っていた。といっても、ヴィオレッタは品定めするような目つきだったし、エルドはにらむような目つきだったので、そこに甘い雰囲気はない。

ややあって、ヴィオレッタが駆け下りてきた。そして、弾むような足取りで近づいてきた。

ドレスをつまみ、貴婦人の挨拶をする。華やかで可愛らしい笑みはローリアでも指折りの美少女とうたわれる顔だ。

「ごきげんよう。お初にお目にかかります、わたしはヴィオレッタ・オレーク、マルス・オレークの妹ですわ」

「顔はネヴィレッタそっくりだね」

「光栄です、美しいということなのでしょうから」

「よくもいけしゃあしゃあと言うよな」

ヴィオレッタは少し緊張した顔をしたが、エルドは構わなかった。ヴィオレッタから顔を背けて、ネヴィレッタに声を掛けた。

「じゃ、行こうか」

「お城に連れていってくれるの」

「当たり前でしょうよ」

彼が苦笑する。

「君の未来の話をするんだから。君がそこにいて自分の意見を言うべきだ」

こんなふうに扱われたことなどいまだかつて一度もない。

ネヴィレッタの将来について、ネヴィレッタ自身には意思や感情を差し挟む余地がなく、発言権はないものと思っていた。

エルドはそれを与えようとしてくれている。

胸に温かいものが込み上げてくる。何があっても大丈夫のような気がしてくる。

ヴィオレッタのことも振り切れる気がする。

しかし、ヴィオレッタも負けなかった。

「ねえ、わたし、お姉さまとどちらが美しいかしら」

彼女は立ち去ろうとするエルドの腕に手を伸ばした。

「お姉さまばかり構っていないで、わたしとも遊んでほしいわ。お姉さまがご無事だということがあなたは人の魂を食べるような人ではないって証明してくれたし」

ネヴィレッタは驚愕《きょうがく》した。あれほど魂喰《たまく》らいが恐ろしいと言っていた彼女が、こんなに簡単に心変わりをする。エルド本人の姿かたちを見て害はないと判断したのか。態度が変わりすぎではないか。

細い腕がエルドの服の袖に絡まる。

「わたしも連れていって。あなたとお出掛けしたい。それにお姉さまのことも心配だし」

ネヴィレッタは心の中に生えた何かが逆立つような気分を覚えた。なつかしい感情だ。魔法を使えないことが明らかになってからずっと自分にはあってはいけないものだと思ってふたをしてきた感情、つまり、怒りだ。けれど、十年以上目を背けてきた感情をうまく表現できるはずもない。

ネヴィレッタが口を開く前に、エルドが動き出した。

彼はいとも簡単にヴィオレッタの腕を振り払ってみせた。

「勝手に触らないでくれない？　僕、物理的にも精神的にも急に距離詰めてくる人間嫌いなんだよね」

ヴィオレッタはいつでもどんなところでも可愛いと言われて甘やかされていた。こんなふうにはっきり拒絶されたのは初めてなのだろう。あからさまに動揺した顔をした。

「みんな君の思いどおりになるとは思わないほうがいいよ。あと、お姉ちゃん思いぶるのもやめたら？　この性悪」

ヴィオレッタが絶句した。

「ほら、ネヴィレッタ」

彼は玄関を出ていった。ネヴィレッタはその後ろを小走りでついていった。ヴィオレッタのことは気に掛かったが、振り向かなかった。このまま彼女と向き合っていたら、十年ぶりに芽生えたどす黒い感情とも向き合わないといけなくなるかもしれない。今はまだ直接対決するには早そうだ。

# 6

王城につくと、話を聞きつけた侍従官が対応してくれて、レナート王子とはすぐに会えることになった。すべての予定を取り下げてエルドとの面会を優先してくれるらしい。エルドは「当たり前だ」と言っているが、隣に立つネヴィレッタは恐縮してしまった。

二人が来客控え室に入ってから間もなく、レナート王子が現れた。柔らかそうな金の髪、絹でできたブラウス、相変わらず美しくて上品で能天気な男だ。

「やあエルド、会いたかったよ！」

エルドと目が合った途端、腕を伸ばしてエルドを引き寄せ、強く抱き締めた。エルドが究極的に嫌そうな顔をした。先ほど急に距離を詰める人間は嫌いだと言っていたが、ひょっとしたら筆頭はレナート王子かもしれない。

「久しぶりだね！　すっかり大人っぽくなった。背が伸びたのではないのかい？」

「最後に会ったの二年前でしょ、当時僕もう十九歳だったんですけど」

「前回は薄汚れた野良着だったが、今日は立派な服を着ているではないか。馬子にも衣《い》裳《しょう》とはよく言ったものだ」

「帰ってほしいの？」

エルドがもがいて自分からレナート王子を引き剝がそうとする。レナート王子はしばらく抵抗してエルドにしがみついていたが、助け舟を出そうと思ったネヴィレッタが「あのう」と口を開いたらぱっと離れてくれた。

「ごきげんよう、ネヴィレッタ。今日も麗しいね」

「ごきげんよう。お忙しいところ申し訳ありません」

「いやいやとんでもない。約束どおりエルドを連れてきてくれて本当に嬉しい。どんな褒美でも取らせよう」

ネヴィレッタは「何もいらないです」と答えた。確かにエルドを中央に連れてくるという目的だけは達したが、エルドには用事が済み次第フラック村に帰ってほしい。そういう気持ちのネヴィレッタに受け取れる報酬はない。国の役に立っていない。

だが、エルドはこう言った。

「殿下が相手の時は図々《ずうずう》しくいきなさい」

そして、今度は自分からレナート王子に一歩分近づいた。

「何でもくれる？」

レナート王子が大きく頷く。

「もちろんだとも。私ほど心が広く徳の高い人間はいないのでね」

「じゃあネヴィレッタの家出を手伝って」

あまりにも単刀直入だったのでネヴィレッタは硬直した。だが、今日はそういう話をしに来たのだ。代わりに話してくれるエルドに感謝すべきところだ。

「この子、オレーク家に置いておいてもいいことなさそうなので」

「知っている」

「知ってるならなんとかしろよ」

「頼まれてもいないのにひとの家の中に首を突っ込むのは嫌われると思うが。いくら王子であってもやっていいことといけないことがある」

はらはらする。レナート王子の言葉ひとつひとつに手が震える。

「世の中には公と私というものがあってね、立場上おおやけのことのほうがかえっていくらでもやりようがある」

「思ってたより理性的なことを言うね、もっと何も考えてないかと思ったのに」

「失礼な、私は賢くて理知的な王子なのだよ」

そこまで言うと、彼は堂々と椅子に座った。客人を座らせず自分が先に座るとは彼らしい。

「家出させてその後どうする？　どこでどうやって養う気だ？」

「それを殿下に考えてもらいたくて」

そう言ってから、エルドは床に視線を落とした。

「ちょっとわがまま言いすぎかな、とも思ったけど。今まで迷惑かけられたぶんこれで帳消しにしてよ」

侍従官がいまさら茶道具一式を持ってきた。三人分の紅茶の準備を始める。手をつけたのはレナート王子だけだ。

「君もこれがわがままで自分にとっては不利な交渉だということはわかっている、ということだね」

エルドが沈黙した。

「ネヴィレッタ」

レナート王子がこちらを向く。宝石に似た碧眼《へきがん》を細めて品定めするように意地悪な笑みを浮かべている。

「エルドはこう言っているが、ネヴィレッタはどうしたい？　本当に家を出たいのかね」

口から心臓が飛び出そうだ。

「オレーク侯爵は反対するだろう。理由は誰よりも君自身が一番よく知っているはずだ。それでも君は家を出ていくと言うのかね？」

ぎゅっと、拳を握り締めた。

今だ。今言わないとだめだ。今言わないと何もかもだめになる。

エルドがこんなに助けてくれているのだから、自分も勇気を出さないとだめだ。

「あの」

握り締めた拳が細かく震える。

「家を、出て。エルドと、フラック村で、暮らしたい。です」

一瞬時が止まったような気がした。

少し間を置いてから、レナート王子が「おおっと」と大きな声を出した。

「一緒に暮らすのか」

「まちがえました、ごめんなさい！　エルドのおうちの近所で……、殿下の所領の中で！　そう、わたしたち、最初はレナート王子の領主館をお借りできないかという話をしていたんです」

「愛し合う二人の幸せのためと言うのならば私は一肌脱ごうかな」

「違います、わたしそういうつもりじゃ……、エルドも何とか言って！」

エルドは自分の手で自分の顔を押さえて黙っていた。何も言ってくれないらしい。このままでは誤解されてしまう。いけない。どうしよう。考えれば考えるほど空回る。

「すまない、意地悪を言った」

レナート王子が笑いすぎて出てきた涙を指の背で拭った。

「いいだろう、ネヴィレッタを私の所領で預かろう」

「殿下……！」

「しかしひとつ頼みがある」

「何ですか？」

「エルド」

名を呼ばれて、エルドが顔を上げた。レナート王子は相変わらず嫌な笑顔だ。

「オレーク一族を敵に回したら私の政治生命が危ぶまれる。なにせ魔法騎士団の要だ、魔法騎士団との関係に亀裂が入っては困るのだ」

そして、また、「ふふ」と声を漏らして笑う。

「そのリスクに合うだけの見返りが欲しいなあ」

エルドが顔をひきつらせた。

「魔法騎士団に帰ってこないかい？」

ネヴィレッタは唇の裏側を噛んだ。

「君が魔法騎士団に戻ってくるというベネフィットと引き換えにできるなら、私も積極的になるのだけどなあ」

エルドはしばらく沈黙していた。斜め下を見て何かを考えているようだった。

「……考えておくよ」

ネヴィレッタは引き裂かれる思いだった。

7

王城には中庭がいくつかある。中でも、一番大きな第一の中庭には、噴水が五つ設置されている。中心の背の高い噴水の前後左右に小さな噴水がしつらえられていて、絶えず水音が流れていた。

その中庭を囲む回廊、南北の建物をつなぐ通路を、エルドとネヴィレッタは二人で王城の玄関ホールのほうへ向かって歩き続けていた。

「エルド」

前を行く背中に言い知れぬ不安を覚えて、ネヴィレッタは手を伸ばそうとした。だが、先ほどヴィオレッタに距離を詰めてくる人間が嫌いだと言うのを聞いたばかりだ。エルドとはそれなりに親しくなれたような気はしているが、それでもべたべた触ったら機嫌を損ねるのではないか。

エルドが振り返った。

その表情はそれほど恐ろしくはなかった。だがやはり少々強張っているように見える。威圧感があるというほどでもないけれど、ネヴィレッタはさらに緊張してしまった。

目が合うと、エルドは緩く微笑んだ。きっと安心させようとしてくれているのだろう。

ネヴィレッタは今、不安げな顔をしているに違いない。

大人になりたい。エルドにそんな顔をさせないように、しっかりとした、自立した人間になりたい。

強くなりたい。

「戻らなくていいわ」

勇気を振り絞って声を張った。

「魔法騎士団に戻らなくていいからね。わたしなんかのためにつらい思いをしてほしくない。嫌な思い出ばかりなんでしょう？」

エルドが表情を消してゆっくり首を横に振る。

「わたしなんか、なんて言わないでほしい。僕は君のためなら何かしようと思えるようになってきたところだ。その君が自分をないがしろにするようなことはもう言わないでほしいよ」

この上なく嬉しい。けれど手放しに喜んでいい言葉ではない。

「エルドには自由でいてほしい。家の裏の畑で好きな野菜を育てる生活をしてほしいわ」

「僕もそういう生活をしていたいよ。でも同時に君にも自由になってほしいよ。自由になって好きなことをして暮らしてほしい」

「好きなことなんて思い浮かばない。エルドを犠牲にしてまでしたいことなんてないと思う」

「自由になってみないことにはわからないよ。人間は自由でないと自分が何を好きかわからなくなるものだよ」

「でも……」

ネヴィレッタはうつむいた。

「戦争になんてもう二度と行ってほしくない……」

人を殺してほしくない。自分の罪と見つめ合ってほしくない。思い悩んで傷ついてほしくない。

「わたし、がんばる。自分で自分のことをどうにかできるようにする。だからエルドは魔法騎士団に戻らないで。レナート殿下にきっぱり嫌ですと言って」

不意にエルドの視線がネヴィレッタの後ろを見た。何かが視界に入ってきたのだろうか。何が起こったのだろう。ネヴィレッタもエルドの視線の先をたどって後ろを向いた。

ぎょっとした。

建物の中から数名の人間が出てきたところだった。いずれも筋骨隆々とした男性だ。

ネヴィレッタは肩を怒らせて歩く中央の男を知っていた。黒い髪に黒い瞳、きちんと整えられた口ひげの壮年の男性は、ネヴィレッタが小さい頃に謁見した時からそう変わっていない。見間違えようもなく、このガラム王国の王バジムである。

慌ててひざまずき、バジム王に対して首《こうべ》を垂れた。エルドは不遜にも数歩下がって道を開けただけだった。

王が立ち止まった。そして、自信に満ちあふれた、勇ましいながらも親しみの持てる笑顔を浮かべた。

「ごきげんよう、ネヴィレッタ嬢。ずいぶん立派な大人の女性になったな。最後に会ったのはもう十年以上前だったように記憶しているが」

緊張で声が震える。

「お久しぶりにお目にかかります。お声を掛けていただいて恐縮でございます」

この国の頂点、この世で神の次に高位のお方だ。おいそれと会話していい相手ではない。

「面《おもて》を上げて楽にするように」

バジム王の言葉に従って上半身を起こした。

顔を上げると、王はネヴィレッタを見てはいなかった。彼はまっすぐエルドだけを見つめていた。

エルドはひるまなかった。ぶすっとした顔で、王をにらむように見つめていた。ネヴィレッタは動揺してしまった。ネヴィレッタがもう少し強気な性格だったらエルドの頭をつかんで頭を下げなさいと言っていたところだ。

「エルドも久しいな。もっとも、お前と最後に会ったのはきっかり五年前だった」

王が朗らかな笑みを浮かべて両腕を伸ばした。左手でエルドの肩を叩き、右手でエルドの手を握ろうとする。

エルドは嫌がって手を握らなかった。けれど、王は気にしていない様子だ。笑みを絶やさない。

「元気そうで何よりだ。背が伸びたな」

「はい、二十一になったんで」

「帰ってきてくれたのか。嬉しいぞ。お前のために城の部屋を空けよう」

「結構です。僕にはもう自分の家があるんで。すぐに帰ります」

「つれないことを言うな。今夜は泊まっていくがいい。晩餐会《ばんさんかい》を開いてやる、いいワインもある」

「いいですってば」

「レナートには顔を見せて私には顔を見せないとはさみしいものだ、妬《や》けるぞ。私もこの五年ずっとお前に会いたかった」

「僕は会いたくなかったです」

王はそれ以上しつこくしなかった。話題を切り替え、手を離した。

「で、レナートとはどんな話をしたのだ」

王の夜のように黒い瞳が、エルドのオリーブ色の瞳を覗き込む。

「魔法騎士団の次の任務について聞いたかね」

エルドが顔をしかめた。

「出撃するんですか？」

意地の悪いことに、王は笑った。

「お前が部外者ならば機密を漏らすわけにはいかんな」

エルドはさらに眉間のしわを深くした。

だが、王は駆け引き上手だ。

「だから、これは独り言なのだが」

エルドがぴくりと頰の肉を動かす。

「メダード王国との国境地点にあるフナル山がきなくさいようだ。フナル山で働くガラムの人間とメダードの人間が揉め事を起こしているようだぞ。ガラム王としては治安出動をせねばならぬ予感がしているが、はたして？」

王はにんまりと笑った。

「メダード王国といえばいろいろあったな。いつぞやのお前は頼もしかった。国の英雄、救世主だ」

エルドはにこりともしなかった。

「さて、あまり長く引き留めても可哀想だ。荷物をまとめる時間が必要だろう」

「だから、城に引っ越しはしませんって」

「繰り返すぞ。帰ってきてくれないか。歓迎する。五年間の音信不通は帳消しにする」

ネヴィレッタは、いまさら、王を怖いと思った。先ほどの姿を目にするたびに感じていた畏怖ではない。何か得体の知れないものに出会った時の気味の悪さだ。

「レナートではなく私についてくれないか。望むものは何でも与えるぞ。金も、権力も。欲しいと思うものすべてをお前に授けよう」

エルドは即座に「結構です」と言ったが、ややして、わずかに口に隙間を作った。

「いや……、本当に何でも？」

逆に王が驚いた顔をして「もちろん」と言う。

「じゃ、考えておきます」

そう言うと、エルドは踵を返した。そして、ネヴィレッタに向かって「もう帰るよ」と言った。

「どこへ？」

「君はなんらかの決着がつくまでとりあえずオレーク家の屋敷にいてほしいな。僕はマルスに会いに魔法騎士団の幹部の執務室へ行く」

王が「ありがたい」と明るい声を上げた。

エルドが振り返らずに先へと進んでいこうとする。エルドと王の間で突っ立っていたネヴィレッタは慌てて王に「失礼致します」と挨拶してからエルドの後を追いかけた。

「何でも。何でもだ」

王の粘っこい言葉が耳に残った。

＊＊＊

魔法騎士は長生きできないと言われている。魔力の消費量が大きいからだ。

実は、魔力自体は、魔法使い、非魔法使い問わずほぼ全人類がもっている。魔法使いと非魔法使いの違いはそれを使えるかどうかだ。魔法使いになれる者には魔力を認識する能力が備わっており、簡単な訓練ですぐ魔術の構築ができるようになる。一方、たいていの非魔法使いは訓練しても魔力を使えるようにならない。

ガラム王国において、魔法騎士は魔法使いの上位にいる存在だ。貴族としての地位を認められ、生きている限りそれなりの額の年金を支給される。そして、そのぶん魔法使いとして国家に奉仕することを義務付けられており、武力衝突が発生するたびに駆り出されては魔力を搾り取られていた。

ラニア公爵家やオレーク侯爵家の当主も例外ではない。ラニア公爵がまだ二十代のセリケに地位を譲ったのは、もう戦闘行為に参加できる量の魔力が残っていないからだ。オレーク侯爵家も同様で、侯爵は団長の座をマルスに引き継いで自分は第一線から退こうとしている。

四十代、五十代になっても魔法騎士を続けていると、すぐに寿命が来る。魔法騎士の幹部が総じて若いのはそういう理由だ。

みんな理解していて、それでも魔法騎士団を必要としている。

幸いなのは、レナート王子が早死にする前の引退を許可してくれることだ。昔は文字どおり仕事中にばたばたと倒れていたらしい。そういう非人道的な働き方をレナート王子は認めない。

エルドが魔法騎士団の団長の執務室にたどりついたのは、もうすでに日が落ちたあとだった。だが、マルスはまだ残って書類仕事をしていた。団長の肩書きはまだオレーク侯爵のものでも、実務の部分はすでにほとんど息子に委譲したと見える。

「遅くまでご苦労さん」

そう声を掛けると、マルスは苦笑した。

「家に帰るのが嫌でちんたら仕事をしているんだ。残業の多さは俺の無能ぶりと比例している」

エルドはその件についてはもう何も言わなかった。マルスもわかってはいるのだ。

「それに、お前が王城に現れたと聞いたのもあってな。殿下や陛下と話をし終わった頃を見計らって俺のほうから会いに行こうと思っていた。まさかお前のほうから来てくれるとは思っていなかった」

「レナート王子ともバジム王とも長話をするだけのネタがないからね」

執務室の中央、応接セットのソファに腰を下ろした。マルスもその向かいに座った。

「それで、どうするんだ？　魔法騎士団に戻ってくることにしたのか？」

ふと、窓の外を見た。東のほうに月が昇っているのが見えた。ローリアで見る月もフラック村で見る月も同じ月のはずなのに、エルドは普段村で見上げているほうの月を見たくなった。

夕飯の時間まであの月をのんびり見上げていられたら、どんなに幸せだろう。

そしてそこにネヴィレッタがいて、お腹が空いたとか、眠いとか、明日は何をしようかとか、そういう他愛もない話ができたら、人生は満ち足りるだろうと思う。

二人きりの、穏やかで、緩やかで、和やかな、何もない時間。ただ、くつろいで、のんびりする。

たったそれだけのことなのに、こんなにも難しい。

「ネヴィレッタは――」

エルドは苦笑した。

「いい子だよ。ずっとガラム王国の最終兵器と呼ばれてきた僕を人間として見てくれる。化け物と呼ばれれば怒ってくれるよ、僕の代わりに」

マルスは斜め下を見て沈黙していた。

「知ってる？　ネヴィレッタがそういう子であるということを」

彼は答えなかった。

「彼女、もうすっかりあの村に溶け込んでるよ」

「そうか」

「彼女の居場所を壊したくない」

できれば、そこがすなわち自分の居場所でもあったらいい。

「彼女の平和な生活のために。フラック村を、守りたいから。僕は――」

エルドはそこで自分の手を見た。皮膚の下、血管の中にあふれ出そうなほどの魔力がめぐっているのを感じた。

この力を使えば、敵兵を一掃できる。

とはいえ、本気でそんなことをやらかしたら、見も知らぬ村人が死にかけただけで泣きそうになるくらい優しい彼女はとても悲しむだろう。彼女のためにやったのだと言えばきっとなおのこと深く傷つくだろう。

魔力の使い方を考える知恵も、魔術の構築をするためのセンスも、彼女に捧げるためにある。

考えろ。

どうすればいいのか。

何と戦い、何をして、何に導けばいいのか。

彼女の暮らしを守るために。

「魔法騎士団に戻る」

マルスが細く息を吐いた。

「本当にいいのか？」

「うん」

「ここに帰ってきたらお前はまた兵器扱いされるかもしれないぞ」

「ネヴィレッタがそうじゃないことをわかってくれるならもういいよ」

マルスは首を横に振ったが、何を否定したいのか、それとも特に意味はないのか、わからない。エルドも深く突っ込まなかった。

「まあ、用が済んだら村に帰りたいとは思ってるよ。魔法騎士として活動するのは今回のメダード王国の件が落ち着くまで。僕が魔法騎士団にいると思えば攻め込んでこないかもしれないんでしょ」

「そのとおりだ」

「なんなら僕は籍だけ魔法騎士団に置いてフラック村に常駐させてもらえないかレナート王子に交渉するつもりだ。いつでも出動できるようにはする。どのみちメダード王国に進軍されたりするならあの村を通過するわけだしさ」

「俺もそれがいいと思う。恩に着る」

「どうも」

そこで、ふと、間が空いた。

今だ、と思った。

今、もうひとつ、言いたいことを言うべきだ。

「それで、あのさ――」

その時だった。

執務室のドアが激しく叩かれた。

「何だ」

マルスが声を掛けると、ドアの向こう側から声がした。

「俺。非常事態だ、開けるぞ」

カイの声だ。いつもへらへらしている彼がこんなに低くて真剣な声を出すのは珍しい。

部屋の中に緊張が走る。

「入れ」

ドアが開いて、険しい顔をしたカイが入ってきた。

「始まった」

「何が」

「連中がフナル山に兵を進めたのを確認した」

フナル山とは、メダード王国とガラム王国の国境にある山地の尾根のひとつだ。この山脈は鉄鉱山で、麓に鉱山労働者とその家族が暮らす村が点々と存在している。採掘できる鉄鉱石は品質が良く、メダード王国は何年も虎視眈々《こしたんたん》と独占を狙っていた。

「陛下や殿下は何とおっしゃっている？」

「両方ともひとまず魔法騎士団を現地入りさせて防御態勢に入ってほしいと言ってる。今のところは、両方とも。とりあえずフナル山の麓の村々の人たちをこちら方面に避難させてから考えるおつもりみたいだ」

「仕方ないな。招集をかけて準備するか」

マルスが立ち上がった。

カイがエルドを見た。目が合うと、彼はにっこりと唇の端を持ち上げた。しかし目はぜんぜん笑っていない。彼はいつもそうだ。ひょうきんそうに振る舞いながらも、いつもどこかで冷静だ。

「やあエルド。戻ってきてくれるのかな？」

「残念ながらそういうことになったよ」

「頼もしいわ。まして現場はフナル山だ。地属性の魔法使いだったら、やりたい放題だ」

エルドは唇を引き結んだ。何を言えばいいのかわからなかった。彼の言うとおりだ。でもそれを認めたらまた自分が人間から遠退《とおの》く気がする。

マルスが部屋を出ていこうとする。

「一回家に戻る。親父に状況を話してくる」

そう言われると、胸中にひとつ不安がよぎった。

どうやらこれからあのオレーク侯爵家にネヴィレッタを置いていくことになるらしい。

この軍事行動に何日かかるかわからないが、落ち着くまでは会えないに違いない。

あの家にいるのは嫌だろう。

フラック村に戻りなさいと、言ってあげたかった。けれど、このまま敵軍が歩みを進めた場合、ローリアよりフラック村のほうが先に危険地帯になる。

「戦争なんてクソだな」

そう呟いたエルドの頭を、カイがくしゃくしゃと撫でた。

「エルドがいてくれればなんとかなる」

エルドは苦笑した。

「じゃ、さっそくだけど、行こうか」

彼女の、未来のために。

# 幕間　ローリア城にてⅡ

フナル山はガラム王国王都ローリアから東に馬で丸二日駆けたところにある。ガラム山脈という山地にある峰のうちのひとつで、標高は比較的低い。鉄の採掘のために掘り返されているため、地表が全体的に剝き出しになっている。人間どころか動物もあまり見掛けない場所だ。

ここ数年、この山はガラム王国が領有権を握っていた。しかし、ガラム王国はメダード王国の労働者にも鉄鉱石の採掘を許していた。採掘する人員の確保のためだ。あえて採掘を許可することにより、一定割合をガラム王国に納めさせていたのである。

ところが、それが東西両国の働く者たちの不幸の始まりだった。

民間人のあいだで陣地取りが始まった。より多く採れる場所を巡ってしばしば衝突が起こるようになった。

そこを利用してメダード王が派兵した。

季節は秋だ。このタイミングで進軍する、ということは、本格的な冬が来るまでの短期間で決着をつけようとしていることを意味していた。

裸の山の中腹に、両国の騎士たちが並んでいる。

ガラム王国側では、魔法騎士団の制服を着た若者たちが二列に並んでいた。

前列に並んでいるのは、赤い制服、すなわち火属性部隊の人間である。

彼らが号令に合わせて一斉に手を上げた。そして、突撃してくるメダード兵たちに向かって紅蓮《ぐれん》の炎を放った。

しかし、メダード王国側から突撃してくる黒服の兵士たちは、隊列を崩すことなく、まっすぐ突き進んできた。おそらく彼らも火属性の魔法使いなのだろう。火属性の魔法使いは火傷をしない。服にも魔力を織り込んでいれば、一切焼けずに済む。

至近距離になってから、メダード王国側の黒服の兵士たちも、ガラム王国側に向かって両手をかざした。

山肌を爆風が包む。

ガラム王国側、後列に並んでいるのは青い制服、すなわち水属性部隊の人間である。これを見越した彼ら彼女らが空気中の水蒸気を掻き集めて消火活動に当たる。

けれど、水は炎にあてられると蒸発する。

その法則は、魔法で生まれた水と炎でも条件次第で適用される。

魔力量の大きさ、魔術の巧みさで拮抗《きっこう》する両軍の魔法が、打ち消し合う。

風属性の部隊に所属する伝令兵の青年が王城に現れた。レナートはすぐさま城の広間で彼と会った。

彼からの戦況報告を聞いてレナートは唸《うな》った。

「ご苦労。ゆっくり休むように」

真っ青な顔をした青年が「ありがたいお言葉です」と言って頭を下げた。その足元がふらついている。

軍事衝突が始まってから、半日が経《た》った。

現時点での状況は悪くない。ガラム魔法騎士団は大陸でもっとも歴史が古く、培ってきた知識と技術がある。最近できたメダード魔法騎士団が相手なら、初手はそんなに悪くない。

だが、長期戦にもつれ込んだらどうなるかわからない。

魔法は使用時に体力を消耗する。消耗の度合いは使う魔法の数や大きさと比例する。大掛かりな魔法を長時間にわたって使うと疲労を感じ、体調を崩し、最悪の場合死に至る。そうならないように魔法騎士はおのれの力量を見極めるように言われ限界ぎりぎりで止める訓練を施されているが、実際の戦闘時にどこまで制御できるかは個々人による。もちろん、号令に合わせて行動するように指導し、上官になる者には必要に応じて交代させるよう言い渡してある。だが、恐慌状態に陥り感情の高ぶりに任せて魔法を使い続ければ、倒れる者が続出する。それが、魔法騎士同士の戦争だ。

魔法騎士の寿命は短い。幹部級の人間は三十代、四十代で一線を退く。幹部が二十代ばかりになるのはそのためだ。今のところはほぼ世襲のためなんとかなっているが、レナートはどこかで改革しないとこの制度はいつか破綻すると考えていた。

今の青年もそうだ。

風属性の魔法使いは空気の流れを読むことで空を飛ぶことができる。そのため、急ぎの用事の時は風属性の魔法使いを飛ばして情報のやり取りをする。風属性の魔法使いたちは期待に応えるために空を飛び続けて、やがて意識を失って墜落する。

彼はもうローリアとフナル山を三度往復させられている。今、すさまじい疲労感に襲われていることだろう。次の復路に行かせたら死ぬかもしれない。別の魔法使いを立てなければならない。

こんな状況では魔法騎士団はもたない。

レナートは拳を握り締めた。

だが、今はそれを論じている場合ではない。軍制改革は平時にやらなければ戦線を維持できない。戦術は適宜修正すべきだが、戦略はよほどのことがない限り手を加えないほうがいい。魔法騎士団は今までそれで何十年もやってきた。今日明日に破綻することはないと信じて送り出す。

父が先日エルドを兵器と呼んでいたのを思い出した。あの男は魔法騎士を人間どころか生き物扱いしていない。

「クソ親父が」

そう呟くと、ずっと無言でそばに控えていた侍従官長が「あとでお聞きします、今はこらえてくださいませ」とたしなめてきた。

「レナート殿下！」

不意に名前を呼ばれた。侍従官が二人広間に入ってきたところだった。

「申し上げます！　地属性の魔法使いのエルド様が殿下にお会いしたいといってお見えです」

レナートは驚きを顔に出さぬように努めた。いついかなる時も冷静沈着であるよう装わなければならない。

「すぐに通してくれ」

エルドが顔を出したのは、それから十を数え終えたかどうかというところだった。表情のない顔をしている。怒っているようにも悲しんでいるようにも見える。

「殿下」

エルドはひざまずかなかった。レナート王太子殿下の前でこんなにも不遜な態度を取るのは、この国どころか、この大陸では唯一彼だけだ。しかし、彼は傲慢な振る舞いをすることを許されていた。

彼は何をしても許される存在だ。

最強だからだ。

「急に訪ねてきてくれるとは熱烈だね。嬉しい」

あえて茶化して言った。エルドはまったく笑わなかった。

「フナル山の件。カイに状況を聞いた」

カイが直接エルドに会いに行ったのだろうか。彼も国宝級の風属性魔法使いなので、わずかな時間での移動は造作ない。それに変に人を立てるより真に迫っている。

レナートは片眉を持ち上げた。

「それで？」

あえて淡々とした声で聞いた。

エルドが、ゆっくり息を吐いてから、こう言った。

「僕が行く」

誰もが期待していた台詞だった。

「僕も戦争に行く。僕も魔法騎士として参戦する」

喜びで笑いそうになるのをこらえた。

「一瞬で片づけてやる」

レナートも深呼吸をしてから、頷いた。

「恩に着る。君一人で百人力、いや万人力くらいだ。君はガラム王国の救世主だ」

エルドが軽く目を伏せた。

「ガラム王国を救うつもりじゃない。ガラム王国を救えば間接的にネヴィレッタを救える。僕が救いたいのは、本当は、彼女だけなんだ」

健気《けなげ》な言葉だった。二人に交流を続けさせたのは偶然で気まぐれの戯れだったが、間違っていなかったということだ。自分のセンスは信頼できる。

「本当は関わりたくないんだ。僕はもう人間を傷つける魔法は使いたくない」

レナートは知っていた。

それはあくまで感情面、エルドの良心や罪悪感に関わる問題であって、エルドの魔力量とは関係がない。

エルドはレナートが知る中で唯一の例外だ。

決して倒れない、最強の、最高の、最悪の兵器。

使い方を間違えれば、世界が滅ぶ。

「約束しよう」

レナートは真面目に言った。

「私が王になったあかつきにはもう戦争はしない。君が戦うのは父が玉座にいる間だけだろう」
エルドが強張っていた頬をほんの少し緩めた。
そんな彼の腕をレナートは軽く優しく叩いた。

# 第4章

# 1

帰宅してからというもの、ネヴィレッタは、自分の部屋にて呆然自失で過ごしていた。

ベッドの上にあおむけの状態で、現在の状況についてぐるぐると考え続けている。

エルドが魔法騎士団に戻ることになってしまった。

ネヴィレッタのせいかもしれない。

自分がもう少ししっかりしていたら、彼を行かせずに済んだかもしれない。彼を戦わせずに済んだかもしれない。彼をフラック村のあの小さな家から連れ出さずに済んだかもしれない。

フラック村、と思うと、また別の不安がむくむくと浮かんでくる。

どのみち彼はあの家で暮らし続けるなら戦うことになっていたはずだ。魔法騎士団の幹部たちの言うことをすべて信じるなら、あの村は今危機にさらされていることになる。

それを思うと、あまり自分を責めすぎるのも自意識過剰だろうか。彼はネヴィレッタではなくあの村を守るために行った、と思うのはどうだろう。

それはそれでだめだ。あの村が戦争の影響を受けるのに変わりはない。

この部屋でぐずぐずしているだけの自分が嫌だ。

変わりたい。

何かしたい。

魔法の使えないネヴィレッタには、戦闘行為は行えない。魔法が使えたところで誰かを攻撃するような真似《まね》はしたくない。だからといって、安全地帯でちぢこまっているのも違う気がする。

何か、できることを探したい。

不意にドアをノックする音が聞こえてきた。

「ネヴィレッタ様」

いつだったかフラック村まで一緒に行った侍女の声だ。

慌てて上半身を起こした。

「何かしら」

「レナート王子がお見えになって、ネヴィレッタ様との急ぎの面会をお求めです」

なぜだろう。エルドは彼の希望どおり魔法騎士団に戻ったはずだ。その褒美を賜るにはタイミングが悪すぎる。

いずれにしても待たせておくことはできない。相手は身分的に格上の人間だ。内容はどうであれ、呼び出された以上は会って挨拶しなければならない。

「わかりました。すぐに参ります」

急いで服の裾を整え、髪にブラシを通して、最低限見苦しくないようにしてから、自分でドアを開けた。

「殿下はどちらでお待ちなの」

歩きながら侍女に訊ねた。侍女が答える。

「玄関ホールで旦那様とお話をされています」

「どうしてちゃんとした応接間にお通ししないの」

「お急ぎのようです。立ち話をして、話がまとまったらすぐフラック村に向かって発《た》つとおっしゃられています」

フラック村に、このタイミングで、王子が行く——背筋が寒くなる。

何も考えないように努めつつ、玄関ホールに続く階段をおりた。侍女の言うとおり、すぐそこで父と王子が立ったまま深刻そうな顔で何かを話していた。

「お待たせ致しました」

なんとか声を絞り出す。二人の視線がネヴィレッタに注がれる。

レナート王子が目を細めて微笑んだ。

「やあ、ネヴィレッタ。ごきげんよう」

ネヴィレッタは「ごきげんよう」と言いながら二人の近くに歩み寄った。

「どうなさったのですか。今、どういう状況なのですか」

詰め寄るネヴィレッタを見て、レナート王子が小さく笑う。

「外の情勢に興味を持つようになったのだね。素晴らしい」

そう言われてから、自分の変化に気づいた。喜んでいる場合ではないのだが、まったく役立たずのお荷物でもなくなった気がして少しだけ安堵《あんど》した。

この調子で強くなるのだ。

次の時、レナート王子は予想外のことを言った。

「実は」

思わず目を丸くしてしまった。

「ネヴィレッタを迎えに来たのだ」

何を言われたのか、一瞬、わからなかった。

父の顔を見た。近年では一番嬉しそうな顔をしていた。この状況でその表情は身の毛がよだつほど気持ちが悪い。息子が戦争に行って、娘も戦地に連れていかれそうなのに、何を喜んでいるのだろう。

「ネヴィレッタよ」

父が言う。

「お前、どうやら、エルドと親しくさせてもらっているようじゃないか」

手が震えた。

「レナート王子は、お前にエルドの近くで彼を応援してほしいとおおせだ」

「何を……むちゃくちゃな……」

レナート王子と父の顔を交互に見る。二人とも薄く笑っているだけで冗談だと笑い飛ばすようなことはしない。どうやら本気らしい。

「ねえ、ネヴィレッタ」

気が動転しているネヴィレッタに、レナート王子が優しい声で語り掛ける。

「ヴィオレッタも戦争に行ったよ。この家の兄妹で安全地帯にいるのは君だけだ」

衝撃だった。確かにヴィオレッタはいつか魔法騎士団に加入して幹部になると聞いていたが、その時が今来るとは思っていなかった。あまりにも危険すぎる。

「事はそんなに切迫しているのですか」

「そうとも。栄えある魔法騎士団の団長の家系であるオレーク侯爵家にはすべての子供を供出していただかねばね。この家はお国のためにすべての子供を戦場に送ったのだ。これほど民の涙をそそることはあろうか」

父が続ける。

「名誉なことだ。我々はガラム王国一の魔法騎士の家なのだから、戦場で立派に戦うべきなのだ。本来であれば、お前も行くはずだった」

しかしそれは魔法が使えたら、の話だ。

「わたしは魔法が使えません」

あえてきっぱりと言い切った。

「そんなわたしが戦場に行っては足手まといではないかと思うのですが、何をさせようとしているのですか」

レナート王子が即答した。

「大事なのは君が何をなすかではない。オレーク侯爵家が子供をすべて戦場にやったという事実だ」

つい興奮してしまった。

「こんな時に限ってわたしをこの家の一員にするのですか⁉」

今の今までずっと非魔法使いとして家族ではないという扱いをしてきたのに、こういう非常事態になって突然そんなことを言い出すとは、都合がよすぎる。

「口答えをするな」

父が怒鳴った。ネヴィレッタは胸の奥がかっと熱くなったのを感じたが、この感情を瞬間的に表現する能力がなくて沈黙せざるをえなかった。こういう場面で反射的に怒れたらどんなにかいいだろう。

「我が家は子供を全員差し出します、レナート殿下」

そう言いながら、父が揉み手をする。

「つきましては、ひとつ、大きなお約束をいただきたいのですが」

レナート王子が彼のほうを見て「何だね」と質問した。

驚きの発言が飛び出した。

「この件が無事に片づきましたら、どうぞ娘を殿下のおそばにやることはできませんか」

ネヴィレッタは一瞬眉をひそめた。

「魔法使いではないということが知られてしまう危険を冒してまでネヴィレッタを表に出す我が家に褒美として、次期王妃の座を約束していただきたい」

「なんと」

だが、次の言葉を聞いて、なるほど、と頷いた。

「ヴィオレッタとご婚約いただけないでしょうか。あの子は、名実ともに、魔法騎士団の、いえ、ガラム王国の旗印にふさわしいと思っておりますので。この国の象徴として、殿下のお隣で国の役に立つよう仕向けたいと存じます」

レナート王子は一拍間を置いた。応とも否とも即答しなかった。

「検討はしよう」

複雑な思いだが、ネヴィレッタはこれについてはあまり深く考えないことにした。今はそんなことを言っている場合ではない。

とにかく、男二人の話し合いで、ネヴィレッタは戦地に連れていかれることが確定しているらしい。わかっていたつもりではあったが、吹けば飛ぶような身の上だ。振り返ってみれば、父にネヴィレッタの意思を尊重してもらえたことなどいまだかつてなかった。

「さあ、行こう」

しかし、ふと、考える。

これは、何かをするまたとない好機なのではないか。

ネヴィレッタはひとの役に立ちたかった。エルドのために、フラック村のために、ガラム王国のために何かをしたいと思っていたところだ。

役に立ちそうもないのにでしゃばっていくのはまずいと思っていたが、レナート王子まで来いと言っているのだから、何か仕事を与えてもらえるかもしれない。

「わたしは何をしたらよろしいでしょうか」

そう訊ねると、レナート王子が答えた。

「ネヴィレッタに求めているのは奉仕活動だ。魔法貴族が魔法に頼らない方法で騎士団に尽くす。健気な話だ」

具体的なことが想像できず、きょとんとしているネヴィレッタに、レナート王子がたたみかける。

「フラック村の先の土砂災害の時もよく働いていたそうではないか。床にモップをかけたり、洗濯をしたりしたと聞いている」

現実的な手段で活動できそうだ。ほっと胸を撫で下ろした。

「それくらいなら、できます。させていただきます」

「なんならいるだけでもいい。オレーク侯爵家が国立騎士団にも心を寄せているということをアピールするだけで結構。女性も活躍している魔法騎士団はともかく、国立騎士団は若い女の子が来るだけで喜ぶと思うのだよ」

その言葉には、父が反発する。

「そういうことならばヴィオレッタがおりますので」

レナート王子は突っぱねた。

「彼女には火部隊の人間として戦ってもらう。慰問には行かせない」

「さようですか……」

二人分の視線が、また、ネヴィレッタに集中する。

「どうかね？　ネヴィレッタ」

今度はためらうことなく大きく頷いた。

「何でもします。お掃除でも、お洗濯でも、一生懸命やります」

そして頭を下げる。

「魔法を使えなくてもいいなら。魔法を使わなくても皆さんの役に立てる方法を考えます」

レナート王子が手を叩く。

「話はまとまった。出立の準備をしたまえ。今日じゅうにはローリアを出る。できる限り早く支度を整えたまえ」

## 2

結局、ネヴィレッタがフラック村に到着したのは、翌朝のことだった。

ほぼ夜通しの移動だった。一応馬車の中で仮眠を取ったが、脳の興奮や馬車の振動でなかなか寝つけず、ちゃんと休めた感じがしない。しかし、最前線にいる魔法騎士たちはどうしているだろう。こういう休憩すら取れないのではないか。そう思うと、自分は恵まれている。気を引き締めなければならない。

フラック村とフナル山の距離は、馬なら半日ほどかかるらしい。だが、魔法騎士団の三分の一は風属性の魔法使いだ。彼ら彼女らは空を飛ぶことができる。その能力をもってすれば所要時間は一割以下だ。

村の領主館は、魔力を失った魔法騎士であふれ返っていた。

今回のフナル山の争乱では、魔法騎士同士の戦闘になっている。お互いに魔力を搾り尽くして魔法をぶつけ合っているらしい。当然魔力の消費量も激しい。そして魔力を使い切った者から倒れていく。

ネヴィレッタは魔法使いではない。魔法を使えないので、魔力を使い切ることもない。したがってそうするとどうなるのか、身に迫って感じたことはなかった。

領主館の床や庭に立てられたテントの中に転がって、大勢の人が苦しそうにうめいている。みんな一様に生気がなく、蒼白い顔をして、つらそうな呼吸をしている。中には痙攣《けいれん》している人もいる。

何より恐ろしいのは、そうして苦しんでいる人々が床や庭の地面に転がされているという状況だった。ベッドの清潔なシーツの上でゆっくり療養する必要がありそうなのに、物のように並べられている。

誰一人としてこんなふうに扱われていい存在ではない。

けれど、ネヴィレッタにはどうしたらいいのかわからない。

レナート王子は、魔法騎士団の幹部と話をするとのことで、ネヴィレッタを一人にした。その間、好きにしていい、と言われたが、何をしたらいいのだろう。奉仕作業をするにしても、誰かに教えを乞わなければ具体的に何をすべきか悩んでしまう自分が情けなかった。

だが、ほどなくして白衣を着た女性の一団が現れた。

彼女らは倒れている魔法騎士たちに片っ端から声を掛けては症状の聞き取りを始めた。

そして、脈を取ったり水を飲ませたりし始めた。

きっと従軍看護師だ。

これだ、と思った。

ネヴィレッタは意を決して彼女らに話し掛けた。

「すみません、お仕事中失礼します」

白衣の女性たちが振り返る。みんな驚いた顔でネヴィレッタを見ている。

注目されるのは苦手だ。だがネヴィレッタはもう逃げるつもりはない。

ひとの役に立ちたい。

「わたしにも仕事をいただけませんか。何でもします。専門的な知識は何もありませんが、何かお役に立てることはありませんでしょうか」

すると、みんなしらけた顔をした。冷たい反応だ。拒絶されている。ネヴィレッタはそういう空気は敏感に察するタイプで、一瞬、怖い、と思ってしまった。

「ご令嬢の手をわずらわせるわけにはまいりませんので」

歓迎されていない。

「あなた、オレーク家のお姫様でしょう。前線でお兄様のお手伝いでもされたらいかがですか」

こんな髪の色にこんな瞳の色だから、みんな、ネヴィレッタがどこの誰なのかわかっている。

ドレスの前を握る手が、震える。

でも、もう、逃げない。

勇気を振り絞った。

「わたし、魔法が使えないんです」

それを告白するのは恐ろしいことだった。それこそ、世界に反逆するような気持ちだった。もう二度とオレーク侯爵家の人間を名乗れなくなるのではないかと思うほど怖いことだった。

けれど、いいではないか。

もうあの家を出てこの村に住むのだから、どうでもいい。家を追い出されても結構だ。

そんなことより――ネヴィレッタ一人の個人的な苦楽より、大切なことがある。

ここに、苦しんでいる人たちがいる。

看護師たちが、顔を見合わせた。

「戦闘に加わることができません。そのぶん何か他のことでお役に立ちたいのです」

少しの間、みんな沈黙した。床に転がっている魔法騎士たちも、意識のある者は耳を傾けているようだった。ネヴィレッタの一世一代の告白に驚いているに違いない。

この空気に負けなければ、きっと強くなれる。

強くなるのだ。エルドを心配させないよう、エルドの隣にいても違和感のないよう、何かをするのだ。

できるかできないかではない。するかしないかだ。

せっかく来たのだから、何かはするのだ。

看護師たちに頭を下げた。

「何でもします。指示をください」

看護師たちが「そうはいってもねえ」と冷笑する。

怖気《おじけ》づいてしまいそうになった。ネヴィレッタは歓迎されていないという状況に弱い。迷惑がられていることを敏感に察してしまう。

気づかなかったふりをするのだ。何でもするということは、きっと、何も気にしないということなのだろう。

「洗い物もします。食事の支度もします。わたし、本当に、何でもします」

「そんな簡単な仕事じゃありませんよ」

「ではせめて声掛けをするだけでも。オレーク侯爵家の娘が気に掛けているということを、伝えるだけでも」

どんなに小さなことでもいいから、役に立ちそうなものはすべて使う。数少ない持ち物を、今、すべて開放する。

少し離れたところにいた恰幅《かっぷく》のいい年配の女性が、こちらに歩み寄ってきた。きっとこのやり取りを聞いていたのだろう。その険しい表情にネヴィレッタは身構えた。だが、彼女はネヴィレッタの近くまで来るとこんなことを言った。

「そんな恰好じゃ何もできませんよ」

ネヴィレッタはドレス姿だった。簡素な形状でコルセットもしていないが、それでも上質な生地で足首まで覆う服装なのには違いない。

しかし、ネヴィレッタはそう言われることを想定していた。

以前、エルドに、二人で森に入るのに動きやすい恰好を、と言われて困った経験が役に立った。世の中には動きやすい恰好というものがある。その時にフラック村の女性に借りた古着を持ってきていた。

「今すぐ着替えます、汚れても大丈夫なものに」

はっきりと言ったネヴィレッタに、彼女は目を細めた。

「誰もお着替えを手伝える人間はおりません」

「一人で着替えられます」

少し強い語調で言った。胸を張り、腹から声を出した。

看護師の女性が、頷いた。

「わかりました。支度をなさってください」

「それから」

勇気を、振り絞る。

自分は今から、働くのだ。

「丁寧な言葉を使うのもやめてください。わたしを看護師の新米だと思って年下の娘に話し掛けるように接してください」

「そうかい」

彼女は口調を改めた。

「じゃあびしばしやるよ。覚悟しな」

「はい！」

「早く着替えなさい」

「はい、着替えてきます」

最初の関門は乗り越えられた気がする。

けれどここからが本番だ。

ネヴィレッタは急いで看護師たちの控えのテントに移動し、ドレスを脱ぎ、木綿のワンピースに着替えて下にズボンをはいた。

# 3

抵抗がなかったわけではない。ネヴィレッタは、病人の看病も老人の介護もしたことがなかった。それが今になって急に倒れた青年の食事の介助をするのは、覚悟の要ることだった。他人の食べ物に触れる、口元が汚れたら拭く、しかも知らない男性の、と思うと震えてしまいそうになる。けれどまだまだ序の口だ。

ネヴィレッタは、領主館の玄関ホールの床に膝をついて、食事をスプーンで掻き混ぜていた。

細かく砕いてとろみをつけた料理をスプーンで運びつつ、ネヴィレッタはがんばって微笑んでみせた。すると、介助された相手はスプーンに口を寄せてくれた。

「どうぞ」

咀嚼《そしゃく》さえままならないのがもどかしい。人間として生きることとはどういうことなのか考えさせられる。

彼の口からこんな言葉が出た。

「ありがとうございます」

小さな、しわがれた声だった。だが、彼は確かにネヴィレッタに向かって礼を言った。

それがとてつもなく嬉しかった。もっとがんばろうと思えた。ひょっとして、これが、やりがい、というものだろうか。

この言葉を貰うためなら、服が汚れても、手が汚れても、構わない。

「姫」

後ろからそう呼ばれた。

ここに来てからまだ半日も経っていないのに、ネヴィレッタはいつのまにかこんな愛称で呼ばれるようになっていた。王女ではないので正確に言えば姫君とは違うのだが、王家の子供は男性のレナート王子しかいないし、貴族の令嬢なので大雑把なくくりで言えば姫かもしれない。最初は恥ずかしかったものの、ネヴィレッタはいつしか受け入れていた。

彼ら彼女らはネヴィレッタの名前を知らない。その事実がオレーク侯爵家の十数年間を端的に表していた。ただ、夕焼け色の髪に朝焼け色の瞳だから、オレーク侯爵家の娘だということはわかる。それ以上でもそれ以下でもない、個性のない姫という呼称だった。

でも、今はそれでもいい。ネヴィレッタの活動はまだ始まったばかりだ。こうしているうちに、いつか、ネヴィレッタという名のある個人になれる。

ネヴィレッタは振り返った。

自分を呼んだ青年の顔を見て目を見開いた。唇の端から血を垂らしながらぜえぜえと危うい呼吸をしていたからだ。彼の状態が危ないことなど、素人のネヴィレッタでも一目瞭然だ。

「水……」

食事をしていた青年に「ごめんなさいね」と断ってから、食器を置き、こちらの青年のほうを向いた。そして、頭の近くにある木製のコップを手に取った。

彼も含めて、みんな、枕さえないところで雑魚寝をしている。こんな状態では良くなるものも良くならないのではないか。

今はそれを論じている場合ではない。ネヴィレッタはぎこちない笑みを浮かべて膝立ちになった。

「少しだけ待っていてくださいね」

近くに置きっぱなしだった食事の配膳用のカートから水差しを取る。コップに水を注ぐ。

彼の上半身を抱え起こした。大人の男性の体は重い。だが負けじと体勢を整えさせてから、コップを握らせた。

彼の手が震えている。こぼしてしまうかもしれない。

ネヴィレッタがタオルを手に取ったのとほぼ同時に、彼の胸のあたりの服に水がこぼれた。

「大丈夫ですよ」

顎や首を拭う。

「大丈夫ですからね」

泣きそうだ。

空になったコップが地面に落ちた。握っていることも困難になったらしい。ネヴィレッタの息が止まってしまいそうになる。

「わたしが拾うわ。気にしないで」

なんとかコップ以外に飲ませる方法はないかと思案しながらも、もう一杯分注いだ。

そして、彼に持たせようとした。

ところが、彼は今度は、コップをつかもうとしなかった。

「もういいんです」

目尻に涙が滲んでいる。

「せめて最後に、手を握ってくださいませんか」

求められるがまま、深く考えずに「わかったわ」と答えた。地面にコップを置き、彼の手をつかんだ。彼が弱々しい力で軽く握り返した。

「おかあさん……」

ゆっくり、体を後ろに倒す。あおむけに転がる。

彼が、目を閉じた。

「あたたかい。なんだか楽になってきた」

ネヴィレッタは泣き叫びそうになったが、落ち着いて、彼の胸の上に手を置いた。

彼が完全に静かになった。

ネヴィレッタは彼の手首をつかんだ。脈の取り方を看護師長に教わっていたからだ。

それがひとつの目安になるのだと、無情で残酷なことを教え込まれた。

けれど――彼の手首に指を置いて、「あら」と睫毛を瞬《しばた》かせる。思っていたよりしっかり拍動している。これなら不安はないような気がする。素人判断は危険だとわかってはいるが、そこまで慌てるほどのことでもなさそうだ。

玄関扉が開いた。新たな患者だろうかと緊張して振り向いた。

入ってきたのは、見覚えのある二人組だった。セリケとカイだ。セリケはいつもと変わらぬ冷静な顔をしているが、カイはいつになく真剣な顔をしている。カイがそんな顔をしていると不安になる。

「ネヴィレッタ？　何してんの」

カイに訊ねられた。ネヴィレッタはその場で立ち上がって答えた。

「前線から過労で倒れて運ばれてきた方々の看病をさせていただいています」

「どうしてそんなことに」

「レナート殿下に行かないかと誘われたんです。オレーク侯爵家の人間が奉仕活動をすれば皆さんが喜ぶんじゃないかと」

木綿の服の前をつかむ。そうでないと手が震えてしまう。

「わたしも、お役に立ちたくて。何もせずにローリアの屋敷にひきこもっているのが嫌で。戦争でフラック村やその近くの地域が危険な状態になるかもしれないと聞いたら、なおのこと」

カイとセリケが顔を見合わせる。

「まあ、レナート王子の考えそうなことではある」

セリケが溜息をつく。

「そのレナート王子はどちらにいらっしゃるのか、ネヴィレッタはご存じですか？」

「はい。この館の応接間にいるはずです。この村の防衛のために国立騎士団が出てきてくださるとのことで、その打ち合わせをするとおっしゃられていました」

「なるほど。ここを国立騎士団に任せて、レナート殿下は我々魔法騎士団と最前線に行ってくださるのだと思います」

予想だにしなかった言葉に、ネヴィレッタはショックを受けた。

「殿下もフナル山に行かれるのですか？」

　セリケは当たり前のような顔をしている。

「安全地帯から指図だけしているようなトップについていく集団はいません」

　こんな状況でも、ここはまだ安全地帯なのだ。それを突きつけられて、ネヴィレッタは黙った。

　そこを、カイがこんなことを言い出した。

「ネヴィレッタもフナル山に行く？」

　弾《はじ》かれたように顔を上げた。カイは真剣な顔をしていた。

「何を言うかと思えば、カイ」

　セリケが声に呆れを滲ませる。

「魔法の使えないお嬢さんが行くところではありません」

「でもオレーク侯爵家のご令嬢が来てくれたとなればまた状況が変わるかもしれない。ご覧のとおり、魔法騎士たちはみんな怪我《けが》をする前に心が折れて魔法を使えなくなってるからな」

　ネヴィレッタは少しむっとした。

「心が折れるより先に体が参ってしまっている人もいます。疲労は必ず感情と連動するものではありません」

　言い返すと、カイが声を上げて笑った。

「強くなったな、ネヴィレッタ」

そう言われると、少し嬉しくなる。

しかし、次の言葉で――

「でもそうならなおのこと。エルドもやる気を出すかもしれないし」

その名前が出た時、心臓が跳ね上がった。

「エルドは今、フナル山で何をしているんですか？」

おそるおそる訊ねると、セリケが答えた。

「今のところは何も。彼が大掛かりな魔法を使うと自爆攻撃になりうるので、限界まで敵兵を引きつけてもらってから魔術を発動させるように仕向けています」

複雑な心境だった。まだ今ここで転がされている人々のような酷い状況ではない、というのは一応安心材料にはなるが、自爆攻撃になりうるほどの巨大な魔法を使わされたら一発で倒れてしまいかねない。

「心配？」

カイに問われて、ネヴィレッタはすぐ頷いた。

「そばで様子を見てみる？」

それは即答できなかった。

ここにいる人たちを置いて移動するのか。

あたりを見回した。

数名と目が合った。

ある魔法騎士の青年が言った。

「行ってやってくださいませんか」

その言葉に、勇気づけられる。

「俺たちはあなたのおかげで救われました。向こうにはもっと大きな救いを必要としている人がたくさんいます。みんなを励ましてやってくださいませんか」

ネヴィレッタは、また、頷いた。

「わかりました。わたし、フナル山に行きます」

4

フナル山を含むこのあたりの地域は、不毛の山と言われている。今でこそガラム王国とメダード王国が奪い合うほど重要な地域になったが、地中に鉄などの金属が埋まっていることがわかるまで、草木も生えぬ呪われた山と呼ばれていたそうだ。いくつかの峰が連なる山脈の中で一番標高が低い頂《いただき》がフナル山で、この両脇に街道が通っていた。

今はその街道を両国の魔法騎士たちが奪い合っている。

聞くところによると、押しているのはガラム王国側の魔法騎士団だという。しかし決して油断はならない。

火属性の魔法使いは太陽に祝福されているため、火傷をすることはない。だが、水属性と風属性はそうもいかない。水をかけたり風を吹かせたりして消すことは可能なのでそれほどの大火傷になることもなさそうだが、加減を間違えて熱湯や熱風を浴びてしまう不幸な人々も出る。

ネヴィレッタがフナル山の麓についた時、麓の村に立てられたテントに大勢の怪我人が詰め込まれていた。フラック村の領主館でも酷い有り様だと思っていたが、剝き出しの地面に座らされ横になることもできない人々を見ていると、まだマシだったのだ、ということを痛感した。まして相手は火傷をしており、一刻も早く処置をしなければならない状態だ。

他人の傷に触れるのは恐ろしいことだったが、だからといって何もせずに見ているわけにはいかない。救う、などとおこがましいことを言えるほど立派な人間ではないけれど、なんらかの手段で励ますことが必要だと思った。

人間らしく扱いたかった。

誰も彼もこんなところで消耗させられていい人間ではない。

軍医のアドバイスを聞きながら、塗り薬や消毒液、包帯やガーゼを用意する。医者でも看護師でもない、つい昨日から看護師見習いを始めたばかりのネヴィレッタに医療行為はできなかったが、狭い空間をあっちに行ったりこっちに行ったりと駆けずり回った。

そんなネヴィレッタを認めてくれたのか、助けを求めてくる魔法騎士も増えていった。

「姫様、お水をください」

「姫様、薬を」

「姫様」

ネヴィレッタはみんなを不安にさせないように笑顔を作って「大丈夫」と言いながら患者を巡《まわ》った。

「わたし、ここにいるわ。みんなのことを見ている。心配しないで」

そう言うと、みんな少し安心したような様子を見せてくれるのが嬉しかった。

汚れた包帯をほどく。これもようやく慣れてきたことだった。相手に痛みを与えないようにしながら作業できるようになってよかった。

そう思った、その時だ。

ぐらり、と頭が揺れた。

最初、目眩かと思った。自分がおかしいのではないかと、働き過ぎで疲れているのかと思った。

直後だ。

地面が、縦に動いた。

周囲からどよめきが聞こえてきた。どうやらこの揺れを感じているのはネヴィレッタだけではないようだ。

「地震だ」

誰かがそう言った。

世界が揺れ始めた。

カートが横転する。金属の器がぶつかり合い音を立てる。簡易式の棚が倒れ、中に置かれていたものが下にぶちまけられる。

立っていられない。

ネヴィレッタはその場に座り込んだ。ややあってさらなる安定を求めて四つん這いになった。

テントの支柱が折れた。布が垂れ、テントが倒壊しようとした。

「危ない！」

風属性の魔法使いが力を振り絞って折れた支柱を吹き飛ばしてくれた。おかげで、患者やネヴィレッタの上に直接鉄の棒が落ちてくることはなかった。しかし結局テントは崩れ、潰れた。

ようやく地震が収まった。

ネヴィレッタは落ちてきた布の下からなんとか這い出た。外の空気に触れる。空は青く晴れ渡っていて何事もなかったかのようだ。

遠くから控えの魔法騎士たちが駆けてくる。どこからともなく継ぎ足し用の棒を持ってきて、テントを直そうと試みる。

「何だったのかしら、今の」

呆然としたまま立ち上がった。

フナル山が視界に入ってきた。

信じられないものを見た。

山に、巨大な黒い壁ができていた。

つい先ほど、地震が起こった時に生えたのだとしか、思えない。誰かがここに黒い板を運んで並べたのだとは思えなかった。たとえそうする時間があったとして、この大きさ、天にも届く高さの壁を築けるのは、教会の尖塔《せんとう》よりも背の高い巨人でないと無理だろう。

黒い壁は鉄でできているようだった。ここからでは厚みはわからないが、フナル山の左右の峰と峰の間に鉄板が渡されている。

ネヴィレッタはしばらく呆然とその様子を眺めていた。

何が起きたのか、わからない。

ネヴィレッタだけではなかった。前線には立てないが動けないわけではない控えの魔法騎士たち、国立騎士団の甲冑《かっちゅう》をまとった騎士たち、歩兵の軍服を着た人たちも、ネヴィレッタの近くで目を真ん丸にして壁を見上げて硬直していた。

神が、ガラム王国とメダード王国を分けるために国境線を作ったのだとしか、思えない。

いつの間にか、山の中腹からこちらまで一本の道が伸びていた。馬車が通るような平らで幅広の道だ。ネヴィレッタがここにたどりついた時そんなものはなかった。もともと坑道やトロッコのために切り拓かれている山ではあったが、こんなに大掛かりな敷設の道路ではなかった。

この新しい道路を、騎馬の一団がこちらに向かって駆けてくる。騎士のようで騎士ではない、鉄板の甲冑ではなく軽装の革鎧《かわよろい》の上にマントを羽織った人間だ。それが数十人、こちらへ近づいてくる。

ネヴィレッタは少し身構えたが、ほどなく、相手がガラム王国の魔法騎士団の制服を着ていることがわかってきた。赤い制服は火属性、青い制服は水属性、白い制服は風属性、そして、初めて見る色の制服——消滅したはずの地属性部隊の黒だ。

騎馬の一団の最後尾、他の皆より少し遅れてやって来たエルドは、途中で馬からおりた。

一緒に駆けてきた赤い制服の男女──一頭の馬に二人乗りしているマルスとヴィオレッタに乗ってきた馬を託す。マルスが器用に手綱を繰ってこちらの陣中に連れてくる。

エルドはネヴィレッタたちに背を向けた状態で道の真ん中に立った。顔が見えない。どんな表情で山を見つめているのかわからない。

マルスはすぐネヴィレッタに気がついたようだ。部下にエルドの馬を預けると、彼は自分の馬に乗ったままネヴィレッタに近づいてきた。

兄の前には妹のヴィオレッタが座っている。

ネヴィレッタは眉間にしわを寄せた。

ヴィオレッタはマルスの胸にしがみついて横乗りになっていた。これではヴィオレッタ自身はおろかマルスも動けないだろう。魔法騎士は騎馬のまま大掛かりな魔法を使えるように訓練されているとはいえ、この体勢のヴィオレッタは邪魔だ。

彼女は蒼白《そうはく》な顔をしていた。目を丸く見開き、口をうっすら開けている。兄の服の胸をつかむ華奢《きやしゃ》な手は小刻みに震えている。

「何があったの？」

ネヴィレッタが兄に訊ねると、彼は不機嫌そうな顔をしてこう答えた。

「山の向こうで魔法使い同士の魔法合戦になったら怖気づいた」

気持ちはわからなくもない。ヴィオレッタは王都ローリアで大事に育てられてきた令嬢だ。しかし、ちょっとがっかりしてしまう。それなりに訓練を受けてきてはいるし、自分が来れば大丈夫だと豪語したこともあったのに、兄の足を引っ張って帰ってきたのか。

「それに——見ろ」

兄が振り返った。ネヴィレッタはその視線の先をたどった。

道の真ん中で、エルドが両手を自分の肩のあたりの高さに掲げていた。

ネヴィレッタの目には、エルドの手の平から何か光のようなものが放たれたように見えた。

次の時だった。

山にぼこぼこと穴が開いた。

見間違えたわけではない。

文字どおり、山肌に穴が開いたのだ。

穴の中に、木の柱と岩盤を削って作られた道が出てきたのが見えた。

坑道が崩落した。正しくは、坑道を崩落させた。

エルドが両手を持ち上げた。

鉄の壁の横幅がさらに広がった。尾根の上を一直線につなぎ、隣の峰まで壁で向こうとこちらを隔てた。

ネヴィレッタは、息をするのを忘れた。呼吸を止めたまま、エルドの背中を見つめていた。

これは、もはや、神の領域だ。人間にできることではない。

いわく、広大な森を切り拓いた。

いわく、敵の砦を破壊した。

いわく、敵の大隊を撃滅した。

そして、一人で、国境線を作った。

「どういうからくりなの」

呟いたネヴィレッタに、マルスが答える。

「エルドには、魔法で地中から金属を掘り出して加工することが可能だ。地属性の魔法使いは、地中のあらゆるものに干渉する」

唾を飲む。

「このへんの山地に埋まっていた鉄鉱石を使ったんだ」

伝説は、本物だったのだ。

エルドがこちらを向いた。

こんなに強大な魔法を使ったら、並みの魔法使いなら意識を失うはずだ。

けれど、彼は顔色ひとつ変えていない。

しかし、どことなく冷たい、感情のない無表情だった。

彼が一歩進むたびに、道にあったひびが隆起し、埋まっていく。まるで傷口が縫合されるように、盛り上がり、治癒される。その間彼は魔法を使っているそぶりさえ見せなかったが、ネヴィレッタはこの道そのものがエルドの魔法なのだということに気づいた。周りの歩兵たちが、一歩、二歩、と後ずさった。魔法騎士たちでさえ、硬直したまま動かなかった。

エルドは、平然とした足取りで、悠々と、近づいてきた。

マルス、ネヴィレッタ、ヴィオレッタの三兄妹の目の前まで来た。

マルスがヴィオレッタを馬からおろした。そして、自らもすぐおりた。兄がおりてくると、ヴィオレッタはまたすぐ彼の胸にすがりついた。

最初に口を開いたのはヴィオレッタだ。

「化け物！」

彼女は恐慌状態で叫んだ。

「あなた、人間じゃないわ。こんなの魔法使いにできることじゃない」

エルドは何も言わず落ち着いた目でヴィオレッタを見つめていた。

「どこでその魔力を調達したの？　今までに倒れた魔法使いはみんなあなたが喰ったの？」

「ヴィオレッタ」

「近づかないで。死にたくない。死にたくない！」

「もうやめろ」

マルスが大きな手でヴィオレッタの口をふさいだ。

「やめてくれ」

ヴィオレッタはまだ何か叫びたいらしくもごもごとうめいていた。マルスがヴィオレッタを抱えて後方に下がっていった。

ネヴィレッタはその場から動かなかった。

動けなかった。

動きたくなかった。

「ネヴィレッタ」

エルドが、ふ、と表情をほころばせた。どこか悲しそうな笑みだった。

「見た？」

「何を？」

「僕が特大魔法を使うところを」

「ええ、見たわ」

声が、震える。

「怖い？」

ネヴィレッタは首を横に振った。

涙があふれてくるのを感じた。

「大丈夫なの？」

「何が？」

「こんなに大きな魔法を使って、あなたもどこか調子を崩したりしていない？」

怖かった。

テントの中でうめいている魔法使いたちのようにエルドまで倒れてしまうのが恐ろしかった。

無事でいてほしかった。元気でいてほしかった。

感情があふれてきて止まらない。

「無理はしないで。あんまり大きな魔法を使って、おかしくなってしまわないで」

これは、もう、人間にできる技ではない。

そのぶん、エルドに負担がかかっているのではないか。

「必要なら、わたしを食べて」

エルドはゆるゆると首を横に振った。

それから、駆け寄ってきた。

ネヴィレッタは驚いた。

エルドが腕を伸ばしてきて、ネヴィレッタを抱き寄せた。

強く、強く、抱き締められる。抱き潰されてしまうのではないかと思うほどの力だった。

ネヴィレッタの後頭部を撫でる手が、震えている。

「頭がおかしくなりそうだ」

ネヴィレッタも軽くエルドを抱き締めた。彼のぬくもりを感じたかった。

筋肉の動き、心臓の動き、そういったものから生を感じる。

だが、エルドの肩に頬を寄せた時、視界に何人かの魔法騎士の姿が入った。ネヴィレッタは我に返って赤面した。

「エルド、みんなが見ているわよ」

しかしエルドはネヴィレッタを離してくれなかった。彼はしばらくの間そのまま固まっていた。ネヴィレッタは困ってしまったが、エルドの背中をぽんぽんと叩きながら羞恥に耐えた。

## 5

「僕、限界を感じたことがないんだ」

テントの中で、ネヴィレッタはエルドに手伝ってもらいながら怪我人を移動させていた。目指すはフナル山の麓にある鉱山労働者たちの村だ。一般人はフラック村の方面に避難したらしいが、空いた家々を魔法騎士団に使わせてくれることになったのだという。

テントの外に用意していた荷車に重傷者を運んで、少し目処《めど》が立ったところで、エルドがぽつりぽつりと立ち話を始めた。

「いつまでも、どこまででも、魔法を使える。ここまでのことをしても、なんとなく、ちょっと運動したな、くらいにしか感じないんだ」

ありえない話だった。一人の人間が使える魔力量は決まっている。気力や体力と連動しているので、こんなに巨大な魔法を使えば一発で過労死するだろう。

「それが、エルドが最強である本当の理由です」

同じく、患者を荷車に乗せる作業を手伝っていたセリケが言った。

「こんなこと、普通の地属性の魔法使いならば、何人もの人が協力して何時間もかけて術式を練るものです。しかしエルドはそれを一瞬でやってしまう。それだけでなく、疲労しない。魔力が減らない」

エルドはそれを黙って聞いていた。それは無言の肯定だ。

「いいえ、もっと言うならば、逆に、普通の地属性の魔法使いでも、死を恐れなければできるかもしれません。ですが、エルドは、死にません。魔力量が、無限なのです」

指先で自分の金茶の髪をいじっている。

「それは通常ありえないことなので、人々はエルドがどこかから魔力を調達しているのではないかと勝手に勘繰って噂しているのです」

「だから、魂を――他人の魔力を喰っていると言われているのね」

「そういうことです」

そこまで聞いて、ネヴィレッタはほっとした。

「なんだ。安心したわ」

エルドが弾かれたように顔をあげる。

目が合った。

ネヴィレッタは、ついつい、微笑んでしまった。

「エルドが魔法の使い過ぎで倒れてしまうことがないのならよかった。わたし、フラック村で苦しんでいる人たちを見てきたから、エルドもああなってしまわないかが心配だったの」

エルドが何かを言い掛けた。

その時、テントの中から騒ぎ声が聞こえてきた。

「触らないで！」

甲高い少女の声は、ヴィオレッタのものだ。

「ここから出して！」

慌ててテントの中に入っていった。エルドとセリケもついてきた。

中にはまだ大勢の怪我人が寝転がっている。

そのうちの一人が、テントの端で縮こまっているヴィオレッタに手を伸ばしていた。

その手には火傷のあとがあった。

ヴィオレッタはそれから顔を背けた。

「もう嫌、帰りたい！　こんな臭くて汚いところ、もういられない！」

「おい、ヴィオレッタ」

そばに立っていたマルスが、末妹をたしなめる。

「みんなガラム王国のために戦って怪我をした功労者だぞ。名誉の負傷だ。そういう顔をするな」

そしてネヴィレッタをちらりと見る。

「ネヴィレッタはしっかりしているぞ。甲斐甲斐《かいがい》しく怪我人の世話をしている」

ネヴィレッタは心が少しだけ弾んだ。ヴィオレッタと比較されて褒められたことなど記憶にない。初めて兄に認められた気がした。

だが、すぐに自分で自分を心の中で叱った。喜んでいい状況ではない。大勢怪我人がいる。彼ら彼女らを手厚く扱うのは当然のことで、ヴィオレッタとの関係という個人的で些細なことのために一喜一憂している場合ではない。

魔法騎士たちはヴィオレッタの顔を知っている。火属性の部隊で戦闘のための魔法を訓練してきたからだ。魔法騎士たちからしたら、今までいたかどうかも怪しいネヴィレッタとは違って、彼女は妹のような存在のはずだ。

また別のある青年が這いずってヴィオレッタのほうへ向かった。

「ヴィオレッタ様、僕——」

ところがヴィオレッタは蒼ざめた顔をして兄の後ろに隠れた。彼が酷い火傷をしているからだろう。きっと怖くなったのだ。

「ち、近づかないで」

裏返った、ひきつったような声で彼女は言った。

途端、あちこちから溜息とささやき声が聞こえてきた。

「なんだ、がっかりだ」

「今までのは何だったのかしら」

「まあ、十七歳の子供なんてそんなもんなのかなあ」

その様子を見ていたレナート王子が、意地悪く笑った。

「民衆の支持を得られない王妃はいらないな」

ヴィオレッタが蒼白い顔のまま硬直した。

「役に立たない人間は帰りたまえ」

「そ、そんな……」

「君はいるだけで士気を低下させる存在だ」

魔法騎士たちが呟いた。

「そうだ、ローリアに帰ってくれ」

「失望した」

ヴィオレッタがうつむき、下唇を噛み締めた。

ネヴィレッタは、そんなヴィオレッタの顔色には気づかなかったふりをして、ヴィオレッタに近づいていった青年を追い掛けた。

傷のない肩をそっとつかみ、「横になりましょう」と言う。青年が我に返ったようにネヴィレッタの顔を見る。

少しでも安心できるようにと、笑みを作った。

彼も、表情を緩め、目を細めてくれた。

「あなたは天使のようだ」

その言葉が、涙が出るほど嬉しかった。生きていてよかったと思えるほど嬉しかった。

「わたし、何にもできないけれど、早くあなたの痛みが消えて楽になるよう祈るわ」

彼の手をつかんだ。

「わたし、祈るわ。あなたのために。みんなのために」

そう言って目を伏せた、その時だった。

全身が熱くなった。体内の血の温度が急に上がったような感覚だった。心臓を中心に血管という血管が広がっている気がする。体の中を巡る血を胸から指の先まで感じる。何かが体の中からあふれ出た。それは全身の皮膚から漏れ出したように感じた。特に手の平が熱い。

頭の中が真っ白になる。

「……え？」

目を開けた。

信じられないものを見た。

青年の半身を苛《さいな》んでいた火傷が消えて、滑らかで少し色の薄い、新しい皮膚に変わっていた。

彼自身も驚いているようだ。自分の顔面に触れ、傷がないことを確かめている。

「いったい、何が」

ある少年が駆け寄ってきた。

「僕も」

そう言って彼が突然ネヴィレッタの手をつかんだ。

次の時だ。

彼の全身を薄暗い廊下に差す日光のような光が包み込んだ。

彼の腕からも、傷が、消えた。

「なに……、これ」

周りにいた別の人間が、ぽつりと呟いた。

「奇跡だ」

だがネヴィレッタは知っていた。

その奇跡は、自分の体からあふれ出ている。

動ける怪我人が一斉にネヴィレッタにたかり出した。

「私も治してください」

「俺も」

「わたしも！」

ネヴィレッタは深く考えるのをやめた。衝《つ》き動《うご》かされるがまま、全身を何かが駆け巡っているのを意識しながら順番に人々の手を握っていった。触れた人から次々と傷が癒えていく。

祈りが、届く。

「驚いたな」

レナート王子が呟いた。

「なんと、何の魔法も使えないと思っていたのに、魔力の構造が根本的にオレーク家と──一般の魔法使いと違っていたのか」

マルスがいまさら「どういうことだ」と口を開いた。

レナート王子がにんまり笑った。

「本物の聖女だ。地属性よりも希少価値の高い、光属性の魔法使いだ」

「わたしが、聖女？」

テント内の全員の傷が癒えた。

自分のしたことの大きさを意識できずに呆然としているネヴィレッタを、何人かの魔法騎士たちが抱き締めた。

「聖女だ」

「我々の聖女様！」

信じられない。

けれど確かに、今は、全身を駆け巡る魔力を感じる。

自分にも魔法が使える。

それも、とびっきりひとの役に立てる魔法が。

「わたしが聖女ですって」

ネヴィレッタは魔法騎士たちにもみくちゃにされながらしばらく目を真ん丸にしていた。

レナート王子が微笑んだ。

「おめでとう、ネヴィレッタ。生まれて初めての魔法はどうだい？」

6

エルドが作った壁により、山地は完全にメダード王国側とガラム王国側で二分された。

ちょうどガラム王国側の魔法騎士団がメダード王国側の魔法騎士団を向こう側に押しやったタイミングだったとのことだ。戦線は途中で分断され、戦闘は強制的に中止させられた。

これで、攻めることも攻められることもなくなった。

エルドはすべてを遮断してしまいたかったのだ。何もかも断ち切ることで終わりにしたかったのだ。彼のその思いが、大地に線を引いた。

しかし、単純にこれで終戦というわけにもいかない。なにせ彼我には風属性の魔法使いがいる。彼ら彼女らが壁の上を飛んでくる可能性があるのだ。今は両方とも疲弊しているのですぐに実現することはなさそうだが、いずれ風属性同士の戦闘が始まらないとも限らない。

完全な幕引きが必要だった。

レナート王子は、メダード王国側の本陣に遣いの者を出すことにした。正式な和平交渉のためだ。互いにこれ以上壁を超えて兵を進めることのないように、きちんとした条約を締結するのだそうだ。数名ながら壁のこちら側に取り残されて捕虜にした敵方の魔法騎士もいる。逆に向こう側にも味方の魔法騎士がいるはずだ。その交換を交渉することになった。

それを聞いたエルドは、平和的に解決できるなら、と壁に扉を作った。これもまた、一瞬のことだった。エルドにとって鉄の加工は簡単なことだ。フナル山は地属性にとって有利な戦場だったのである。

ほどなくして、遣いの者が無事に帰ってきた。先方の司令官も停戦を望んでいるそうだ。それを聞いて、ネヴィレッタは胸を撫で下ろした。これ以上怪我人が出るところを見たくなかった。メダード王国側の魔法使いたちも心配だ。

停戦交渉がうまくいきますようにと祈る。レナート王子だけでなく、周りで聞いていた魔法騎士団の幹部たちも「聖女様が平和を祈ってくれるならうまくいくだろうさ」と言ってくれた。

ともかく、レナート王子が国の代表者としてあちらに出向くことになった。

彼は同行者として書記官、軍の高官である数人の非魔法使いの騎士、そしてマルスとセリケ、エルドを連れていくことにした。

ネヴィレッタはそこに自分もついていかせてもらえるよう頼み込んだ。

メダード王国側の損害の様子が気になった。この戦争にエルドを連れてきた人間として知らなければならないことのような気がした。みんな聖女の力で回復させたので手が空いたのもある。必要なら向こう側の兵士たちも癒やすつもりだ。

そんなネヴィレッタを、レナート王子は快く受け入れた。

「ガラム王国の象徴として若い女性がついてきたら強い印象を残すに違いない。まして大陸でも普通ではお目にかかれない光属性の魔法使いだ。みんなありがたがるだろう」

セリケが毅然《きぜん》とした態度で抗議する。

「そういうことに魔法騎士団の人間ではない者を利用することに反対します。彼女は今はまだ政治的な存在ではありません。聖女として目覚めた以上市井の民として生きることは叶《かな》わなくなるのかもしれませんが、こういう駆け引きに巻き込んで変に顔を出し危険にさらすことは避けるべきなのでは」

彼女は一見冷たく見えるが、本当は、優しい人なのだ。ネヴィレッタはそれを悟った。

しかし、他の誰でもなくネヴィレッタ自身が「いいの」と言って彼女を止めた。

「わたし、わかってきました。こういうことが、利害が一致する、ということなんだわ」

「ネヴィレッタは賢くなったね」

レナート王子が目を細めた。

「わたしがいることで見栄えがいいというなら願ったり叶ったりです。わたしは、行きたいんですから」

マルスが苦笑した。

「本当はそういう仕事をヴィオレッタにさせようと思っていたんだが……」

ヴィオレッタはカイと留守番することになっている。今頃カイは思いどおりにいかないことばかりで焦燥し殺気立っているヴィオレッタの毒抜きをしていることだろう。彼はどうやら二人の娘の父親らしく、女の子のお守りは得意だそうだ。それに、魔力が残り少なくなっていて休憩したいとも言っていた。ちょっとでも休めることを祈る。

あれだけ姉を役立たずと罵っていた妹が、今、一番のお荷物になっている。情けなくて恥ずかしいことだ。魔法騎士たちに申し訳ないと思う。

だが、ネヴィレッタはそれを口には出さなかった。表立ってそうと言ってしまったら、それこそヴィオレッタと同格になってしまう気がするからだ。

「僕は逆に行きたくないんだけどな」

馬を連れてきながら、エルドが言う。おもしろくなさそうな顔だ。

「ネヴィレッタが行くって言うから行くけど。会談中は屋外で待っていてもいい？　魔法貴族のマルスやセリケと違って政治は何にもわからないし、興味もないし。護衛はいっぱいいるでしょ」

それについては、レナート王子がこう言った。

「私がいるところに必ずついてきてほしい。興味がないなら黙って突っ立っているだけで構わない」

「僕が最強だから？　遠距離攻撃で顔が割れているとは思えないけど」

「いや、向こうは魔法騎士を制服で判別している。見慣れない黒の制服を着た君が何者なのかすぐに察するだろう。それが軍服というものだ」

エルドが自分の服の胸をつまんだ。

「あと、何かあった時に魔法を使ってもらいたくてね」

「屋内でそれなりの魔法を使ったら建物一個倒壊するよ。実質的に自爆攻撃だよ」

「それで構わない」

レナート王子はうっすらと笑みを浮かべている。何がどこまで本気なのかわからない。

「私に万が一のことがあったらすべてを破壊したまえ。ネヴィレッタを連れて逃げられると思う範囲で構わないが、できる限り速やかにここら一帯を消し飛ばしてほしい。私が死ねばガラム王国は滅亡する。私のいないガラム王国を私が守る理由はない」

強烈なまでの破滅願望だった。彼がそんなどす黒い感情を抱えているとは、と思うと、背筋が寒くなった。みんなの名君になってくれるのではなかったか。やはりバジム王と玉座を奪い合う怖い王族だったのか。初めてレナート王子の本質を見た気がした。

しかし、エルドも真面目な顔で「わかった」と頷いた。

「ネヴィレッタを連れて逃げてもいいなら、そうするよ」

「おやめなさい、お馬鹿さんたち」

セリケが溜息をつきながら言うと、レナート王子は朗らかな笑みを浮かべた。

「冗談に決まっているだろう？　私を害するほど攻撃的な敵軍を滅してくれればそれで十分だ」

実現しないものと思いたい。

最終的に、ネヴィレッタはマルスの馬に乗せてもらった。マルスと二人乗りだ。

一応外国の高官のもとに赴くということでそれなりのドレスを身に着けたが、ペチコートの下にはズボンをはいている。看護師として働く時に着ていたものだ。何かあった時にすぐに動けるようにするためである。

それが吉と出たのか凶と出たのか、馬にまたがることになった。足を開いて乗り物に乗るのは恥ずかしい。しかし、そのほうが早くて安全だと言われれば、我慢するしかない。レナート王子が「私と二人乗りでもいいよ」と言ってきたが、マルスが彼の後頭部を叩いた。

道のりは比較的平坦《へいたん》だった。エルドがほとんど平らに均《なら》してしまったからだ。

大きな鉄の扉を開けると、山の向こうにあったはずのメダード王国軍の本陣である城塞がすぐそこに見えた。司令部として使っているという三階建ての大きな建物で、遠目でもわかる。

途中、一行は小さな村の中を通過することになった。

死んだように静かな村だった。人間の姿が見えない。敵国の人間なので歓迎されることはないだろうが、抵抗されることも予想していたため、微妙に拍子抜けだった。

「みんな避難したのかしら」

ネヴィレッタがそう呟くと、エルドが「いや」と小声で言った。

「いるね。生き物の気配がする。それも大勢。こっちの様子を窺ってる」

マルスが「野生動物か」と呟いた。エルドが「似たようなもんだよ」と答えた。

緊張して体を硬くした。

それが、ある家の前を通過しようとした時だった。

ゆっくり、家のドアが開いた。

出てきたのは、幼い少年だった。手足がやせた、蒼白い顔の子供だった。洗っていないのだろうか、髪が脂ぎっている。

「騎士様」

少年がふらふらとした足取りで道の真ん中に立ちはだかった。

「たすけてください。お金をください。薬を買うためのお金です」

一同は馬の歩みを止めた。

「薬？」

マルスが問い掛けると、少年が涙目で頷いた。

「村で病気が流行って、みんな熱を出して動けなくなってしまったんです。国は最初、ここで戦争が始まるから避難しろって言ってきたんですが、病気だと気づくと、出てくるな、と言われてしまって……逆に、近くの村から同じ症状の人を集めてきて、そのへんの家に閉じ込めたりして……」

彼は語りながらぜえぜえと肩で息をした。

ネヴィレッタは、思わず、「あ」と呟いてしまった。

リュカの母親と同じ症状なのではないか。

「それは心配ね、様子を見せ――」

言い掛けたところで、マルスが馬を歩ませ始めた。急に動き出したのでネヴィレッタはバランスを崩して怖い思いをした。兄にしがみつく。

「急に何を」

「行くぞ」

「でも病気の人がいるって」

「うつされたくないだろう」

ネヴィレッタはかっとなるのを感じた。

「お兄さまは困っている人たちを見捨てるのね。見損なったわ」

「何とでも――」

彼を説得してどうこうしている暇はない。強力な感染症なら、こうしている間にも苦しむ人が増えるかもしれない。時は一刻を争うのだ。

ネヴィレッタは身を翻らせ、馬から飛び降りた。

「ネヴィレッタ！」

地面に体を打ち付けて少し苦しかった。けれど、もっと大変な思いをしている人たちがいる。

すぐに立ち上がって、少年の肩をつかんだ。

熱い。この子も発熱している。

「苦しかったわね。もう大丈夫」

そう言いながら、ネヴィレッタは彼の額に手を当てた。

軽く目を閉じて、祈りを捧げる。

彼の体から悪いものが抜けていく気配を感じた。

「わあ……」

目を開けると、少年がうっすら笑みを浮かべていた。

「どうやったの？　すごい！　めちゃくちゃ楽になった。治ったのかな」

ネヴィレッタも微笑んだ。

「わたし、魔法使いなの」

そう言った途端、あちらこちらの家のドアというドア、窓という窓が開いた。

「病気を治してくださる魔法使い様？」

「助けてくださるの？」

「どうかうちにも来てください！」

「私の家族も見てください」

ネヴィレッタは振り返らなかった。

「わかったわ！　すぐ行く」

マルスにどう思われても構わない。今ここで国に見捨てられた人々を助けるのが自分の使命だ。

ある家の中に入ると、一家族が暮らせるかどうかという狭い空間に十人近くの人が押し込まれていた。先ほどの少年が病気を理由に連れてこられた人々がいると言っていた。きっとこの人たちもそうなのだろう。ネヴィレッタは怒りで頭が爆発しそうだったが、こらえて、深呼吸をして、近づいていった。

「おお、いけません、うつってしまいます」

若い女性がそう言って首を横に振ったが、ネヴィレッタは構わず彼女の腕をつかんだ。彼女の顔に血の気が戻っていった。

そういえば、リュカの母親もネヴィレッタと会話をしただけで楽になったと言っていた。自覚していなかっただけであの時も自分は無意識に魔法を使っていたのかもしれない。からくりがわかってネヴィレッタはやっと納得した。

一人一人に触れていると時間がかかる。

ネヴィレッタは、どうすればいいのか、知っていた。

家の真ん中で両手を組み合わせ、目を閉じ、祈りを捧げた。

「良くなりますように」

その途端、人々の体から黒いもやのようなものが出てきて、窓の外へと抜けていった。

歓声が上がった。

「聖女様だ」

「聖女様が現れたぞ！」

ネヴィレッタは求める声に呼ばれてその家を出た。また別の家に入っていく。寝たきりだった老人を起こすことに成功した。赤ん坊がちゃんと泣き始めた。

村の中が明るい雰囲気になってきた。

「ネヴィレッタ」

途中で声を掛けられた。

後ろから腕をつかまれた。

振り向くと、エルドが険しい顔をして立っていた。

「君の顔色が悪化しているように見える」

指摘された途端、全身を倦怠感《けんたいかん》が包んだ。

「あれ……、わたし、疲れてしまったのかしら……」

「魔法を連発するからだよ」

そう言われてから、気がついた。

「そっか、魔力って有限なのよね……」

フラック村で倒れてうめいていた人々を思い出す。生まれて初めて魔法が使えるようになって興奮していたが、やりすぎると自分もああなってしまう可能性があるのか。まだ治さなければならない人たちがいる。加減しなければならない。ここで倒れている場合ではないのだ。病気もつらいだろうし、中には命に関わるケースもあるかもしれないが、ネヴィレッタが最初にここへ来た目的は火属性の魔法使いにやられて火傷をした人々を癒やすことだった。

「行ってしまわれるのですか」

村の女性にすがりつかれた。

ずきりと胸が痛む。

どうしたらいいのだろう。

そう思って立ち往生したネヴィレッタのすぐそばで、エルドが言った。

「薬なら、用意しましょう」

そして、彼は玄関先に向かった。

この村では家の前で草花を育てる習慣があるらしかった。すべての家の前に花壇がある。けれど、どの家の花壇もほとんどが剝き出しの土で、ところどころで枯れた草がくたびれているだけだった。きっと平和な時には丁寧に水や肥料を与えて美しい花を咲かせていたのだろう。その時の様子を思い浮かべると胸が痛む。

エルドは、土しかなくなった花壇に、手をかざした。

花壇から緑の芽が生えた。

ネヴィレッタは目を丸くした。

花壇の中でいくつもの緑が芽吹いて、双葉を出し、蔓《つる》を伸ばし、葉を茂らせ、花を咲かせた。

エルドが軽く目を伏せると、その緑がすべての家の前の花壇で成長を始めた。

村の中に、緑が、あふれる。

「僕が自宅で育てていた薬草です。何かに使えるかな、と思って種を持って歩いてたんですけど、まあ、そういう機会だったんでしょうね」

村人たちが、「わあ」と声をあげた。

「熱冷ましにも効くと思いますが、もし用がなくても、乾燥させて売ればそこそこのお金になりますよ」

「ありがとうございます……！」

その一連の流れの様子を見ていたレナート王子が、からっと笑った。

「さて、そろそろ本来の目的に立ち返ってもらおうか。日が暮れる前に向こうの偉い人と話をして、こういう場面にゆっくり対応できる状況を作らねばね」

彼の言うとおりだ。本当なら順番が逆で、戦闘は完全に終わったものであるとして安全を確認してからこういうことをすべきだった。

「まあいいさ。ガラム王国に奇跡あり、と宣伝できるのもなかなか良いね」

一同は馬に戻って、その村を立ち去った。


「ごめんなさい」

7

ネヴィレッタはひとつ勉強になった。

「不利なほうが申し込むのが降伏、有利なほうが申し込むのが講和なのだよ」

レナート王子は本当にものをよく知っている。彼には教わることがいっぱいだ。

ガラム王国の使節団一行は、メダード王国の将軍と正式な停戦の合意を取り付けた。

完全な終戦は、都にいるメダード王と対話する必要があるので、まだもう少し先だ。

しかし、メダード王国軍はかなりの損害を出しすぐに戦闘を再開できる状況ではないというので、これ以上の抗戦はないと思われる。それに、レナート王子の言うとおり、彼らはエルドの存在におびえていた。天に届くほどの壁を一瞬で築いた魔法使いがいて、彼が神に匹敵する力で国境線を引いた、となると、それを覆せないように感じるらしい。

夜通しの会談が終わり、一夜明けて翌朝、一行は帰ることになった。

「さーて、どんな条約を結ぼうかなー」

帰り支度をするレナート王子は楽しそうだ。戦争が終わったので喜んでいるのだと思いたい。

ネヴィレッタは、メダード王国軍が用意してくれた馬車の中に寝転がった。あまりの疲労に目を開けていられない。馬にまたがるなどとんでもない。メダード王国軍の将軍が親切で助かった。

実は、レナート王子たちが講和について話をしている間、ネヴィレッタはずっとメダード王国の魔法騎士団で負傷者のために治癒魔法を使い続けていた。

司令部の野戦病院に収容されていた人々は、あまりの状態だった。もともと彼らを救いたいという気持ちはあったが、なおのこと見ないふりができない状況だった。いくら敵軍の人間といえども死んでいいわけがない。ネヴィレッタは次々と奇跡を起こしていった。

最終的に全員の傷を治した。

メダード王国側の魔法騎士たちにもたくさん感謝されて嬉しかった。奇跡が本物であることを記録され、ガラム王国に聖女がいるということを広く大陸に周知させられそうな雰囲気になり、面映《おもは》ゆかったがネヴィレッタはこれでよかったのだと思った。

だが、途中で突然、ふつりと意識を失った。

気がついたら、司令部の救護室に寝かされていた。

外は真っ暗な闇に包まれていた。いつの間にか真夜中になっていたらしい。

兄にしばらく魔法を使わないようにときつく叱られた。兄は、ネヴィレッタがまだ幼かった頃、魔法が使えないことで魔法医の診察を受けたのを思い出したのだ。あの時魔法医はネヴィレッタには魔力がないわけではないと言っていた。魔力量は人並み、普通の魔法使いの平均くらい、とのことだった。火属性の魔力ではなく光属性の魔力だったので火属性の一族であるオレーク家にいては発現しなかったわけだが、とにかく、いくら特殊な属性の魔法でもエルドのように無制限に使えるわけではなさそうである。

魔法の使い過ぎで死ぬところだった。せっかく戦争が終わるというのに、平和を享受できずに人生が終わるかもしれなかった。もしかしたらエルドと一緒にいられる未来もあるかもしれないのだから死ねない。ネヴィレッタは初めて自分自身をもっと大事にしなければと思った。

馬車の座席の上であおむけになる。いくら高級で車内が広いといっても、馬車は馬車だ。足を伸ばせるわけではない。

同乗したセリケが毛布を掛けてくれた。

「早くローリアに帰ってゆっくりしましょう」

ネヴィレッタはかすれた声で「はい」と答えて目を閉じた。

窓の外から国立騎士団の高官の男性が野太い声で号令をかけているのが聞こえる。馬車がゆっくりと動き出す。振動が少し気持ち悪いが、馬の上にいるよりはマシだ。

「やっと帰れるのね」

オレーク邸には帰りたくないが、エルドの小さな家には帰りたい。あの森でゆっくり日光浴をしたい。

エルドと二人でゆっくりしたい。

もう誰かと争いたくないし、エルドにも争わせたくない。

しかしセリケは安直に頷かなかった。

「そうだといいのですが」

ネヴィレッタは目を開けてセリケの顔を見た。彼女は硬い顔で窓の外をにらんでいた。

彼女が無表情なのはいつものことだったが、ネヴィレッタは言い知れぬ不安を覚えた。

「まだ何かあるんですか？」

「ガラム王国の本陣に帰りつくまでは油断しないほうがいいでしょう」

「どういうことです？」

「軍隊は大きな組織です。首領が承知していても末端に周知させるまでには時間がかかりますし、周知しても納得するかどうかは別です」

上半身を起こす。

「つまり……、どういう……」

「停戦を承知しない人間に襲われるかもしれないということです」

その直後だった。

腹に響く音がした。大きな、聞いたことのない、でも恐ろしい音だった。

馬車が止まった。

「さっそくですね」

「何が起きたんですか」

「これは大砲の音です」

セリケが立ち上がった。そして戸を開けた。

「あなたはここを動かないように」

馬車の外に出ていく。戸を外から完全に閉める。

ネヴィレッタも状況を知りたかった。セリケが出ていった戸を内から開けた。

身を乗り出して、外の様子を確認して、震え上がった。

司令部の砦に備え付けられた大砲が何門か、こちらを向いている。

大砲だけではなかった。

砦の下では何十人かの兵士が並んでいて、うち半分がこちらに銃口を向けていた。

銃声が響いた。ネヴィレッタは恐怖のあまり動けなかった。セリケがとっさに分厚い氷の壁を作ってくれなかったら、ネヴィレッタも銃撃にやられていたかもしれない。氷の壁を貫通した銃弾が二つほど馬車に当たった。

殺される。

怖い。

硬直したまま動けない。

こんなにもあからさまな殺意を向けられたのはさすがに人生で初めてだ。

不意に馬車から引きずり出された。腕の主はエルドだった。彼は、ネヴィレッタを横抱きにして引っ張り出すと、ネヴィレッタを抱えたまま地面に伏せた。

すさまじい轟音《ごうおん》がした。

馬車に砲弾が直撃した。

馬車が押し潰された。おびえた馬が逃げ出した。

あともう少しでネヴィレッタも圧死するところだった。

先頭、少し先を行っていた国立騎士団の人々が戻ってこようとした。マルスが「来るな！」と怒鳴ったので止まる。

「来てもらっても仕方がない。固まるとみんな死ぬぞ」

エルドが「どうする？」とマルスに問い掛ける。

「銃火器が多い。向こうが弾込めをしている間に判断して指示を出して」

「無茶言うな」

セリケが頭上に右手を掲げた。

「雨を降らせます。銃火器に使う火薬を湿らせて使用不能にすれば逃げ道は作れましょう」

彼女の全身を青い光が包んだ。彼女の瞳が銀色に輝いた。

空が急激に曇り始めた。黒い雲が集まっていく。

マルスが「やめろ」と怒鳴った。

「お前が死ぬぞ！　お前も連戦続きだ、今は大きな魔法を使うな！」

セリケは頷かなかった。

「どのみちこのままでは全員が死にます。私一人を犠牲に皆が助かるのならばそれでいいのです」

また銃声が響いた。今度はマルスが炎の壁を生み出して銃弾を溶かしたが、ネヴィレッタにもこれが何度もうまくいくわけではないことはわかっていた。

エルドが口を開いた。

「火薬を使えなくすればいいんだね」

雨が降り出す。炎が消える。

ネヴィレッタを離して、エルドが立ち上がった。

そして、両手を砦のほうに向けた。

ネヴィレッタは目を丸く見開いた。

それは、奇跡だった。

砲台の基礎から、緑色のものが這い上がってきた。

銃を構える兵士たちの足にも、同じ何かが絡みついてきた。

メダード王国軍の兵士たちが困惑したらしく手を止めた。

緑が——植物の蔓が、急速に伸びてきている。

どこから生えてきたのだろう。

緑は青々とした葉を広げた。大砲をすっぽり包み込んだ。

そして、白い花を咲かせた。

美しい、花だった。

その草は、いくつもいくつも蕾《つぼみ》をつけては、次々と花を咲かせていった。白い花弁は可憐《かれん》で、優しく、雨に濡れてつややかだった。

銃口から白い花が咲く。冗談のように可愛らしいその様子に兵士は唖然としていた。

砲口からも花が咲く。まるで横倒しの巨大な花瓶のように口からたくさんの花を咲かせる。

雨はそれ以上強くならなかった。花を、銃を、大地を軽く湿らせる程度で、ややあって少しずつ止んでいった。

草が広がる。砦が緑に包まれる。大地にも花が咲く。
それは、春を思わせた。
世界が時間を半年ほど先取りして爛漫《らんまん》の春を迎えたかのようだった。
美しい世界だ。
やがてみんな静かになった。戦意を喪失したらしい。
大地が花に埋もれて、世界のすべてが春になる。
両腕を広げて目を閉じていたエルドが、そっと、目を開けた。
「ああ」
花咲く世界の真ん中に、彼は立っていた。
彼こそが、一番、美しかった。
「今度は誰も死なせなかった」
ここは、奇跡の真ん中だった。
雨が止んだ。日の光が差し込んできていた。

＊＊＊

戦時中は早馬や風属性の魔法騎士に頼って高速移動をしていたが、非魔法使いも無理のない範囲で移動可能な旅程を組むと、フナル山からローリアまで四日ほどかかる。途中ふたつほど大きな宿場町を通過する。

この間、エルドは国立騎士団の下っ端の服を借りて過ごしていた。行く先々で騒がれるのが嫌だったからだ。戦争中は誰がどこに所属しているか明らかにする必要があるので、地属性の騎士服を着ていた。今はその義務はない。もう解放された。

あれを着ることができるのは、この世で自分たった一人だけだ。

もう二度と袖を通す機会がないことを祈りつつ、エルドは一人で黙々と各地の郷土料理を食べ続けた。それくらいしか楽しみがない。

一方、ネヴィレッタはどこに行っても熱狂で迎えられた。すべての街どころか沿道まで人が押し寄せ、天がガラム王国に遣わした聖女として歓待され、一気に国の主役になった。

今まで粗雑に扱われていたとはいえ、ネヴィレッタも一応貴族令嬢である。緩く笑みを浮かべて、民衆に軽く手を振ってこたえている。

彼女の場合、魔力量は平均的な魔法使いと変わらないらしい。体内に泉のように魔力があふれ出る特異体質のエルドは、魔法を使うことで疲労するという状態がぴんと来ない。だが、彼女はメダード王国で一回失神した。こんなことをさせていないで休ませてやりたいと思う。けれどそれを言い出すのに気が引ける。

エルドは怖かった。

お前はネヴィレッタの何なのかと訊《き》かれたら、いったい何と答えたらいいのか。

彼女は、魔法を使えることで、歓迎され、もてなされ、優しい声と期待の言葉を掛けられ、人々の輪の中心にいる。

魔法を使うたびに化け物と呼ばれてローリアから逃げた自分とは違う。

自分には、彼女と並び立つ資格はない。

確かに、今回の戦争では死者は出なかった。平和的に講和条約が結ばれ、国境線は不可侵のものとして堅く確かめ合われた。だが、フナル山はまるまるひとつなくなった。平時にはあの山で鉄鉱石を掘る仕事をしていた人たちがいた。その人たちの失業を思うと、胸が潰れる思いだった。非魔法使いの再就職はどれだけ大変だろう。命があるだけマシ、ということはない。レナート王子がうまく雇用政策をやってくれることを祈るばかりだ。

エルドの魔法は、人間の生活を根本から変えてしまう。

ネヴィレッタの魔法は、人間の生活をより良いものにする。

戦争のない世の中で必要とされるのはどちらかなど、考えなくてもわかる。

それがいいのだとわかってはいても、エルドは、自分の存在意義を考えてしまうのだった。

二日目の夕方、一同はフラック村に入った。

さすがにフラック村の人間はエルドの顔と名前をおぼえていて、近くに寄ってきてはねぎらいの言葉を掛けてくれた。

「もうメダード王国と揉めることもなくなりそうだな」

村の上役の男が言う。

「ここからでも壁が見える」

彼の視線の先をたどると、遠くに山の頂上と頂上をつなぐ黒い線のようなものが見えた。ここまで離れたのかと思うと遠いような、ここからでも見えるのかと思うと近いような、微妙な距離だった。

「それもこれもすべてお前さんのおかげだ。今夜はみんなで宴会をしよう」

「いいよ。帰って寝る」

「寝たい？　やっぱり魔法を使うと疲れるもんかね」

「魔法を使うのは大したことじゃないんだけど、集団行動をするのはすごく疲れるんだよね。魔法騎士団の連中と離れられてほっとしてる」

村人たちがどっと笑った。

笑った。

みんなが笑っている。

平和が戻ってきたのだ。

よかった。

「エルド」

後ろから声を掛けられた。振り向くと、魔法騎士団の幹部の面々がこちらを見ていた。特に、マルスとレナート王子、そしてネヴィレッタが一歩前に出てくる。

「お前はこの村に戻るんだな」

マルスが苦笑して言った。

「王都じゃなくて」

「何度も言わせるなよ」

「すまなかった。もう言わない。ゆっくりしてくれ」

レナート王子も言う。

「今回は礼を言う。いや、今回も、かな。エルド、君は国の英雄だ。貴族になりたければいつでも言うがいい、爵位も領地も望むまま用意しよう」

「いらない」

視線を下に落とす。

「一人で静かに暮らせれば、それで」

するとと、今度はネヴィレッタが言った。

「一人で？」

顔を上げたら目が合った。

彼女の朝焼け色の瞳が、臆することなくまっすぐエルドの目を見ていた。

「わたし、フラック村に住まわせてもらう許可をいただいたから、エルドのおうちに行こうと思っていたわ。邪魔かしら？」

そう言われて、エルドはたじろいだ。

「──でも」

みんなが、ネヴィレッタを見ている。

「ネヴィレッタは国の聖女様だから」

魂喰《たまく》らいの化け物は、ふさわしくない。

「君こそ本物の国の英雄だよ。そしてこれからもきっと人を救い続ける。みんなが君を必要とするだろうよ」

「それはそれで嬉しいけど、エルドも見たでしょう？　わたし、四六時中魔法を使っていたら魔力がなくなって倒れてしまうみたいだから、これからどうやって向き合っていくか考えていこうと思って。今はまだ何も決まっていないの」

滑らかな頬が、夕焼けに照らされて橙色《だいだいいろ》になっている。

「何も決まっていないわ。本当に、何も」

「未来は希望に満ちあふれてる」

「でもその未来にあなたがいなかったら、さみしいわ」

エルドは苦笑した。

「これから何人の人に同じことを言う予定？」

「どういうこと？」

「君は優しいから、誰でもいなくなればさみしいと思うものなんじゃない？」

ネヴィレッタが目を真ん丸にして「まあ」と言った。

「わたし、あなたが思っているよりずっとずっと嫌な女よ」

「そうかな」

「だって他の誰に必要とされてもあなたと暮らすことを一番優先したくてフラック村に残るんだもの」

エルドもまた、目を真ん丸にした。

「わたしが魔法を使えなくても家に上げてくれたのは、あなただけだったわ」

朝焼け色の瞳に、涙の膜が張る。

「もしも、また、魔法が使えなくなっても。その時本当にわたしを必要としてくれるのは、魔法が使えなくても会話をしてくれたあなただけだと思っているの」

エルドは手を伸ばして、彼女の頬にこぼれた涙をぬぐった。その手が震えそうになっているのが、知られないといい。

「魔法なんか使えなくてもよかったよ。そうしたら、僕はずっと君を独占できたかもしれないのに」

「この先どんなことがあっても、わたしの心はずっとあなたが独占している」

不意に彼女が飛びついてきた。エルドは驚いたが、彼女を抱き締めて受け止めた。

ぬくもりが、心地よい。

「この村で一緒に暮らそう」

ネヴィレッタの耳元でささやくと、彼女は大きく頷いた。

「愛している」

「わたしも」

やっと、肩から力を抜いて呼吸をすることができた。

目を一度閉じてから、息を吐き、吸い、目を開ける。

ネヴィレッタの肩の向こう側に、固唾《かたず》を飲んで見守る魔法騎士たちの姿があった。

エルドは気を引き締めた。

まだ安心するのには早い。片づけなければならないことがある。

彼女との幸福な未来のために、あともうひと踏ん張りする必要がある。

もう少しだ。
もう少し、戦う。
戦える。

# 第5章

# 1

フラック村での平穏な暮らしを完全で完璧なものにするためには、ネヴィレッタにはひとつしなければならないことがあった。

それはとても恐ろしいことではあった。だが、フラック村に居続けるために必要なことだと思えば、立ち向かうことができそうだ。

ネヴィレッタは強くなったのだ。

戦える。

それに、今は、隣にエルドもいてくれる。

「ここに帰ってくるのは、もう、人生で最後だ」

エルドがネヴィレッタの代わりに言ってくれた。ネヴィレッタは大きく頷いた。

目の前に立ちはだかるのは、ローリアの高級住宅地にある巨大な邸宅——オレーク侯爵邸だ。

この屋敷に、別れを告げる。

荷物らしい荷物はない。今まで村の領主館で生活していて何の不便も感じなかったほどである。引っ越し準備は必要ない。

ただ、一言、もう二度と帰ってこないと、村での生活を邪魔しないでくれと言えれば、それで十分だ。

「簡単に済めばいいが」

念のためにとレナート王子もついて来てくれた。フラック村が彼の領地で、彼が一応保護者として後見人をしてくれることになっているためだ。

「お前みたいな恥さらしが家を出ていくなんて、と言われてしまうかしら」

ネヴィレッタのそんな呟きに、レナート王子が答える。

「逆ではないかね」

「逆？」

「大陸じゅうに君の名前が知れ渡ったのだから。これから熾烈《しれつ》な奪い合いになるかもしれない」

「奪い合い？　どういうことです？」

きょとんとした目でレナート王子の顔を見た。

「君はまだ自分が今どんな立場に置かれているのか真の意味で理解していないと見える」

レナート王子はにやにやと人の悪い顔で笑った状態でネヴィレッタを見ていた。

反対側でエルドがこんなことを言い出した。

「譲らないよ。ネヴィレッタを僕から奪いたい奴の挑戦、片っ端から受けてやるよ」

「ははは。最強と聖女の奪い合いか。傑作だ」

「もう、何を言っているのだか。恥ずかしい」

「まあ、私が口添えをしてあげるのだからなんとかなるだろう。——では、行こう」

レナート王子が門番に扉を開けさせた。

みんなで門を抜け、屋敷の中に入った。

ネヴィレッタはぎょっとした。

玄関ホールでは大勢の人が待っていた。使用人たち一同が整列していて、三人が入っていくと同時にきちんと揃って礼をした。

「おかえりなさいませ、ネヴィレッタ様。いらっしゃいませ、レナート殿下、エルド様」

自分がこんなふうに出迎えてもらえるのなどどれくらいぶりだろう。ここのところずっと裏門からこそこそと出入りしていたので、玄関ホールで出迎えられた時にどうなるかなど考えたことがなかった。

これではまるで、帰宅を歓迎されているかのようだ。

歓待に慣れないエルドは、レナート王子の後ろに隠れた。どこに行っても風下に置かれたことのないレナート王子は「諸君、楽にしたまえ」と鷹揚《おうよう》な態度を見せた。

おそるおそる歩みを進める。使用人たちの列を抜ける。
一番奥で頭を下げていた侍女に声を掛けた。
「お父さまとお母さまはどちらにいらっしゃるかしら。とても大事な話があるのだけど
――」
「おかえり、ネヴィレッタ。お前を待っていた」
言い終わる前に頭上から父の声が降ってきた。顔を上げると、二階から両親が揃って
おりてきたところだった。
二人とも機嫌の良さそうな顔をしていた。
「おかえりなさい。無事に帰ってきてくれて嬉しいわ」
継母の声が粘っこく体にまとわりついてくる。
ただそれだけだというのに、ネヴィレッタはもう、耐えがたかった。
気持ちが悪いと、思ってしまったのだ。
そして、ようやく気づく。
今の自分はこの人たちにこういう態度で接してもらってもまったく嬉しくない。
「私たちの自慢の娘！」
この十数年、両親にこんな笑顔を向けられたことなど、記憶にない。
二人が、急に態度を翻した。

「さあ、よく顔を見せてちょうだい」

フィラータが手を伸ばしてくる。

「ああ、ネヴィレッタ、私の自慢の娘」

彼女の白い手が、頬に触れようとする。

「なかなか魔法が使えなくてずっと心配していたけれど、まさか聖女だったなんて。長い苦難の時を乗り越えてとうとう無事に発現したのね。あなたは私たちの誇りよ」

触れる直前、頭の中で、何かが弾けた。

彼女の手を、払い除けた。

「触らないで!」

怒りで頭がおかしくなりそうだった。

血という血が沸騰しそうだ。口から炎が噴き出てくるかと思った。

両親が啞然としている。

「なんなの!? 急にそんなことを言い出して」

「ネヴィレッタ――」

「わたしが魔法を使えるとわかった途端こんな……、こんな」

父が「許してくれ」とうな垂れる。

「お前が聖女だったとは思っていなかったんだ。わかっていれば専用の教育を受けさせたのに」

はらわたが煮えくり返る。

爆発しそうになる。

何もかも叩き壊したくなる。

「わたしが聖女じゃなかったら一生役立たずの恥さらしって言い続けるつもりだったんでしょ⁉ 都合がよすぎるわ」

「ごめんなさい、あの――」

「もう嫌いよ、きら――」

「ネヴィレッタ」

斜め後ろから声を掛けられた。優しく名前を呼んでくれるのはエルドの声だ。

興奮が少し鎮まった。

彼が見ていてくれる。落ち着かなければならない。

ここで声を荒らげてつかみ合ったら、それこそ、彼らと同レベルの存在になってしまう。そんな自分をエルドに見せたくない。

声を抑えて、気持ちを押し殺して、重々しく宣言するように言った。

「もうあなたたちを親だなんて思いません」

すると父がこんなことを言い出した。

「親に向かって何だその口の利き方は！　一生魔法が使えないかもしれないのに十九まで養ってやったんだぞ！　ここで魔法に開花したのも私たちが世話をしてやったからではないか、むしろ感謝すべきところだろう！」

その言葉を聞いた途端、すっと熱が冷めた。

「もうこの屋敷には帰らないわ。もう二度とオレークなんて名乗らない」

かたわらで聞いていたレナート王子が笑い出した。

「まあ、そういうことだ。残念だったな、侯爵、侯爵夫人」

フィラータが拳を握り締め、真っ赤な顔でネヴィレッタをにらみつけた。けれど、もう恐ろしいとは思わなかった。

両親はこの程度の人間だったのだ。

「許しません！」

フィラータが怒鳴る。

「その髪と瞳の色、どこまで行ってもお前は我が一門の人間ですよ。地獄の果てまで追い掛けていって連れ戻しますからね」

「拒否します」

ネヴィレッタは背筋を伸ばした。

「そこまで言うなら戦わせてもらいます」

「戦う？」

「訴えさせていただきます。両親から長らく精神的苦痛を受けていたことを王立裁判所に申し立てします。そして、この家から完全に離脱するために、住民登録を抹消する手続きを取らせていただきます」

両親があんぐりと口を開けた。

レナート王子が手を叩いて笑った。

「傑作だ」

「殿下、なんとか止めてくださ――」

「いいだろう、とことんやりたまえ。私は近いうちに魔法使いが非魔法使いを差別することを禁ずる法律を作るつもりだ。その法に裁かれる最初の被告人になるがいい」

そして周りの使用人たちを見回す。

「証人はいくらでもいる。そうだろう？」

使用人たち同士で何かをささやき合い始めた。

「無力な子供を虐待した罪だ」

「そんな……」

「聖女の前半生に苦難を与えた悪役として歴史に名を残したまえよ」

二人がとうとう沈黙した。

レナート王子が手を叩いた。

「これで一段落した。ネヴィレッタは手続きが済むまで少しの間城で預かろう。聖女様のために上等な部屋を用意せねばね」

まだ怒りの収まらないネヴィレッタはあえて「やったー」と明るい声を出した。

「せいせいしちゃう」

とっとと出ていきたくて踵を返した。その腰にエルドが腕を回してきた。優しく支えられながら歩き出す。

「お疲れ様、ネヴィレッタ」

ネヴィレッタは「本当にね」と息を吐いた。

「怒るってなんだかとっても疲れるわ」

「そうだね、よくわかるよ」

「でも怒るわ。わたしだってたまには怒るわ」

「いいことだ。めいっぱい怒るといいよ。十九年ぶん怒ればいい」

ネヴィレッタ、エルド、レナート王子の三人は、振り返ることなくオレーク邸を出ていった。門を出たところで、三人で高笑いをしてしまった。

## 2

それから数日間、ネヴィレッタは王城の中で過ごした。レナート王子が外廷の賓客室を長期滞在できるように整えてくれたのだ。

最初のうちこそ国家規模の賓客としての扱いに恐れおののき、今すぐにでも村に帰りたいとレナート王子に訴えていたが、翌日には意識が切り替わった。

国じゅうから、聖女の加護——治癒能力を求めて人が殺到したからだ。

この大騒ぎは王城の厳重な警備の中でさばいてもらわなければならない。その上で、レナート王子に保護されていておいそれとは表に姿を出せないというお触れを出してもらわなければならない。でなければ暴動が起きかねない。

レナート王子の命令があっても、いつかは暴動になるかもしれない。それだけ世の中には聖女の救いを求めている人間がいる。

本当はみんな救ってあげたかった。詰め寄せた人々全員に祈りを捧げて片っ端から癒やしてあげたかった。しかし、ネヴィレッタの魔力は有限だ。そんなことをしていたら遅かれ早かれネヴィレッタの命が尽きる。

「いくら大勢の人を救うためとは言え、若い女性一人を犠牲にするのは悲しかろう。命の重さはそういう計算で測ってはならないのだ」

レナート王子がもっともらしい顔でそう言うと、セリケから鋭い指摘が入った。

「聖女の存在は内政的にも外交的にも大きな切り札になりますからね。庇護者《ひごしゃ》であるレナート殿下の権威付けにもなります。いい商売にもなりましょう」

少しずつわかってきた。なるほどレナート王子には本当はそういう計算高いところがある。

レナート王子に利用されるのはあまりおもしろいことではなかったが、今の自分は彼に保護されている身だ。それに、王城の人々はネヴィレッタを大切にしてくれる。面会を制限してもらえたことにも救われている。実家にいたら娘が聖女であることを鼻にかけた両親が何をどう使おうとするかわからない。

また、もうひとつ、不安なことがある。

聖女として目覚めたことにより、自分の人生は決定的に変わってしまった。

このままでは、何者でもない、無力で無能だった時のように、エルドと森で静かに過ごすことができなくなるのではないか。

エルドは、オレーク邸での一幕が済んだあと、フラック村に帰ってしまった。城には上がってこない。したがってここ数日顔を見ていない。ネヴィレッタの顔を見られる喜びより城でちやほやされるわずらわしさのほうが勝ったということか。ちょっぴりさみしい。

今度あの幸福がいっぱい詰まったエルドの小さな家に行けるのは、いったいいつになるだろう。このまま会えなくなったら悲しすぎて死んでしまうかもしれない。

窓の外を見た。森はすでに紅葉で真っ赤だった。エルドと紅葉狩りをしたい。

かれこれ一週間が過ぎた頃、バジム王がこのたびの戦争の功労者をねぎらい顕彰する式典を執り行うことになった。

政治の難しいところはネヴィレッタにはわからないが、レナート王子から、国威発揚、という言葉を教えてもらった。こんなことにも軍人たちを使い回そうとする王に不快を感じる。けれど、彼は今までこの国の最高権力者だ。いつかレナート王子が玉座に就くまで我慢だ。

ダンスホールとしても使う城の大広間に人が集められた。文官武官問わず国の重鎮たち、魔法騎士たち、超上流貴族の当主たちが来席している。あまりの豪華面子《めんつ》にネヴィレッタは恐れおののいた。

それだけではない。ネヴィレッタには聖女だからということで王子に次ぐ上席を与えられた。

自分はこんなところにいていい人間だろうか。そういう人間になってしまったのだろうか。不安が過ぎて恐怖に変わる。

王族と見まがうばかりの豪奢《ごうしゃ》なドレスを着せられて、ネヴィレッタはがたがたと震えていた。

来賓たちがネヴィレッタを見て何かをささやき合っている。高貴な身分である彼らがネヴィレッタを指差したり許可なく近づいてきたりはしないが、みんな話し掛けたくてうずうずしているのは何となく感じ取った。決して敵意や悪意ではない。むしろ好意だ。そうとわかっていても、ネヴィレッタは他人の意識が自分に向くのが怖かった。

早く終わってほしい。

ラッパの音が響いた後、勇壮な音楽が奏でられ始めた。

「バジム国王陛下並びにレナート王太子殿下のおなり！」

その言葉を合図に、集まった人々が起立し、胸に手を当てる礼をした。

舞台袖から王族二人が姿を現す。堂々とした、悠々とした足取りは、ネヴィレッタの目にはよく似た親子に見える。

バジム王が玉座に腰をおろした。レナート王子は壇上からおり、ネヴィレッタの隣の椅子に座った。

王が片手を上げると音楽が止んだ。

「おのおの、席について楽にしたまえ」

王にそう言われて、来賓たちがそれぞれ席につく。

「こたびの戦乱は大変なことであったが、皆の者の尽力によりメダード王国と我が国との間に平和の礎《いしずえ》が築かれた。皆の者に心よりの謝辞と賛辞を伝えたい」

だが、ネヴィレッタは知っている。本当は、バジム王はおもしろくない。レナート王子が勝手に和平条約を結んでしまったからだ。

バジム王は、最終的には、メダード王国を併呑《へいどん》しようともくろんでいたらしい。しかし、レナート王子は賠償金の支払いだけで話を済ませてしまった。

レナート王子は終戦を急いだ。父が出しゃばってきて戦闘が再開するのを懸念したためだ。

大陸から争いが減り、穏やかな時代に突入しようとしていた。それを王は不満に思っている。争いたがる旧世代には早く退いてもらってレナート王子の代になってほしい。そのために聖女の力が必要なのなら、ネヴィレッタは協力を惜しまないようにしよう、と考えるようになった。

「まずは我が自慢の息子レナートを称《たた》える」

大歓声と割れんばかりの拍手が起こった。それがレナート王子の支持率の高さを示していた。バジム王はそれもおもしろくないに決まっているが、役者としては立派な彼は顔には出さなかった。

「そして、この戦乱の最大の功労者、もっとも大きな武勲を立てた者」

ネヴィレッタは目を瞠《みは》った。

「魔法騎士エルド」

広間の後ろのほう、魔法騎士団の幹部たちが並んでいるあたりから、立ち上がった青年の姿があった。

エルドだ。

今日の彼は黒い服を着ていた。魔法騎士としての礼装で、地属性を表す黒の生地に金糸で複雑な模様の刺繍を施されている詰襟の衣装だった。金茶の髪は編み込んでまとめている。どこからどう見ても立派な魔法騎士の幹部だ。

それに、ネヴィレッタは言い知れぬ不安を覚えた。

まるで、知らない人のようだ。

やめてと叫びたくなった。木綿の野良着にジャケットを羽織っただけの、さらりとした髪を適当にひとつにくくったあのエルドが恋しかった。

彼は広間の中央に歩み出ると、花道にも見える真ん中の空間を通って王の前に歩み出た。

壇の下、ネヴィレッタの前あたりで膝をつく。ひざまずき、王に向かって首《こうべ》を垂れる。

そのひとつひとつの所作が洗練されていて人間離れして見える。

場がどよめいた。

「あれが最強？　あんな若造だったのか」

「意外だ、もっとすごい化け物かと思っていたのに」

「山ひとつ崩した悪魔とは思えん」

エルドが注目されるのがつらい。

けれど、エルドは何も言わずにそのままの姿勢を保った。

「エルドよ」

王が身を乗り出す。

「面を上げよ」

エルドが顔を上げた。そして、挑むように真正面から王の顔を見据えた。

王が言った。

「そなたには褒美を取らせる。望むものを何でも申すがいい」

にぎやかだった広間が、静まり返る。

「一括払いの報奨金か？　死ぬまで保証された年金か？　土地か？　屋敷か？　軍の高官の座も議会の議席も用意できる。そうだ、叙爵がまだだったな、伯爵はどう――」

「いりません」

エルドは王の言葉を遮るようにしてはっきり言った。

「僕が欲しいものはひとつだけです」

「ふむ。聞こう」

「ネヴィレッタです」

場がふたたびざわめいた。エルドは至極真面目な顔をしていた。

「聖女の肩書きなんてクソ食らえです。僕は彼女を連れて帰ります。彼女を二度と政治の場に引きずり出さないでください」

バジム王が表情を消し、立ち上がった。

「ならん！」

激昂《げきこう》し、唾を飛ばして怒鳴る。

「ネヴィレッタは聖女だ！　この国を代表する存在だ、絶対に手放すわけにはいかん！　彼女はこの国の統合の象徴で、ゆくゆくはレナートと結婚させ――」

「何でもくれると言ったのはそっちだよね」

エルドが不遜にも立ち上がり、吐き捨てるように言った。

「何でもくれるんでしょ。僕とネヴィレッタの結婚を認めてください。僕は他に何も望みません」

そして――

「ネヴィレッタは普通の女の子で僕の婚約者です」

そう言ってくれた瞬間、ネヴィレッタの両目からどっと涙があふれ出した。

互いに、魔法使いとしてではなくただの人間として、これから寄り添い合って生きていくのだ。

エルドが、怒りゆえに真っ赤な顔で口を開けたり閉じたりしているバジム王から目を逸らし、こちらを向いた。

目が合った。彼は、優しく、にこ、と微笑んでくれた。

抱き締めたい。けれど足がすくんで動けない。

エルドのほうから駆け寄ってきてくれた。

「行こう」

ネヴィレッタの手を取る。

「僕らの家に帰ろう」

賓客たちからわっと歓声が上がり、レナート王子の時よりも大きな拍手が上がった。

エルドがネヴィレッタの手を引いて大股で歩き出した。目指すは広間の出入り口だ。

ネヴィレッタは笑みを浮かべながら走ってエルドについていった。

わたしたちの家に帰ろう。

わたしたちの、小さくて幸せな家。

# エピローグ

エルドとネヴィレッタは、二人の小さな家の裏、エルドが家庭菜園をして育てた畑にいた。

今日のネヴィレッタは、膝上までのチュニック、脛《すね》をすっぽり覆い隠す長靴、そしてその長靴に裾が入る形のズボンをはいていた。首には手ぬぐいを巻き、手には手袋をはめている。頭にはつばのある帽子をかぶっている。日光はもうさほど強くないが、長時間屋外にいるので念のために、とエルドにかぶらされた帽子だ。その下の髪は太くて長い一本の三つ編みにして垂らしている。エルドが編んでくれた。彼は手先が器用で何でもやってくれる。

エルドも長袖長ズボンの完全防備の服装で、やはり膝まで達する長靴、首には手ぬぐいを引っ掛け、手袋をつけている。一本にくくった髪が首の後ろで尾のように揺れていた。ネヴィレッタは上着をと言って家から持ってきたが、肉体労働をしているうちに暑くなったらしく、先ほどそのへんの切り株に引っ掛けた。

エルドが鍬で慎重に土を掘り返す。中に埋まっている芋を傷つけないようにするためだ。

今日収穫している芋は出会った頃に増やそうとしていたあの芋ではない。彼が春に一人で植えた甘藷《かんしょ》である。

土の中から長大な紫のかたまりが見えてきた。ネヴィレッタは興奮した。

「どうぞ」

紫の芋に手をかけた。くり抜くように芋を掘り出す。根のほうが奥まで埋まっているらしく、引っかかるような手ごたえを感じてなかなか出てこない。

「ちょっと強引に引っ張っても大丈夫」

言われるがまま、力を込めて引いた。

芋が引っこ抜けた。

勢い余って尻餅をついてしまったが、下は柔らかな畑の土だ。尻が土で汚れただろうが、これはこれでいいのだ。

「抜けたわ」

「おめでとう。まだまだ数え切れないほど埋まっているからよろしくね」

「がんばる」

自分で掘り出した芋が愛しい。体を覆う土を払い、うっとりと眺める。抱き締めて頬ずりしたいが、さすがに顔まで土まみれになるのは避けたい。

あれから二ヵ月が過ぎた。季節は冬に移ろおうとしていた。日光は傾き、夜の時間が長くなった。だが、ネヴィレッタは毎日ぽかぽかとした気持ちで過ごしていた。温かくて、暖かくて、毎日がほっこりして感じられた。

自分の力で勝ち取った、平和な日々だった。

今、ネヴィレッタはフラック村の領主館で暮らしている。数人の使用人たちと生活しているが、血縁者はいない。しかし、ここで暮らしているうちに少しずつ村人たちと交流することが増え、声を掛けてくれる顔見知りもたくさんできた。

領主館にいる人々は、ネヴィレッタによく仕えてくれている。誰一人ネヴィレッタを邪険にせず、丁寧な接し方で仕事をこなしてくれる。過剰にちやほやされないのもよかった。みんな適度な距離を置いていて、静かに暮らすことを望むネヴィレッタに干渉しなかった。ネヴィレッタは人生で初めて自宅というもので過ごすことに安心感を覚えていた。

時々聖女の力を頼って訪ねてくる人もいる。

最初のうちは言われるがまま治していたが、患者が雪だるま式に増えてきてしまい、レナート王子に魔法の使用を禁じられた。さすがのネヴィレッタもこの先ひっきりなしになってくるのはわかってきたので、仕方なくレナート王子の言いつけを受け入れた。

でも、何かをしたいという気持ちは日々強くなる一方だ。

先日、近いうちに村のどこかに病院を建ててもらうようレナート王子と約束した。

魔法の力で治療するのは子供だけと定めるつもりだ。魔力が有限なら、より弱く幼い者に優先して使って、一人でも多くの子供を大人にしてやりたかった。自分より年下の魔法騎士たちが怪我をしているところを目の当たりにしたから、強くそう思う。ガラム王国の未来のために必要なことのように感じていた。

もちろん、ネヴィレッタの魔力を搾り取らないでくれるのなら、大人でも受け入れるつもりだ。この村は自然の豊かなところなので、静かに休むだけでも落ち着く人もいるだろう。そういう人々に声掛けをするだけでも、聖女を通じて国が弱者を気に掛けているということが伝わって、全体的にいい空気ができるかもしれない。

人間を治すことは禁じられているが、動物も治せることはまだ見つかっていないらしい。

ネヴィレッタはたまに村人が飼っている家畜の治療をしている。牛や馬にも感謝されて過ごす時間にネヴィレッタ自身が癒やされている。

そのうち領主館でも何か動物を飼おうかと思うこともある。しかし、嫁いだ時に連れていけるかどうかを考えたら、簡単に生き物を増やすわけにはいかない。

エルドとは一緒に暮らしていない。

理由は単純だ。まだ知り合って四ヵ月しか経っていないからだ。

ネヴィレッタは当初この小さな家で二人暮らしをすることを考えていたが、マルスがやんわり、気が早いのではないか、と言ったので、エルドがまだしばらく婚約期間中として離れて暮らすことを提案したのである。

ネヴィレッタは十分一緒にいたつもりだったし、一刻も早くエルドと一緒になりたかった。だが、エルドがダメというならダメなのだ。頑固な人である。

とはいえ、エルドの小さな家とネヴィレッタの領主館はゆっくり歩いても四半刻もからないような距離だ。毎日顔を合わせて、日中はほとんど一緒にいる。のんびり、晴れた日には農作業か森の散策、雨の日には家の中で裁縫や料理をして過ごしている。のどかで、和やかで、清らかな日々だった。

二人が正式に結婚するのがいつになるかはわからない。すべてエルドの一存だ。ネヴィレッタは定期的にすぐにでもと駄々をこねているが、まだ早い、まだ早い、と言われ続けている。

しかし、まったく目処が立っていないわけでもない。

エルドはこの小さな家を改築工事することにした。ネヴィレッタが引っ越してくることを考えて、一部屋増築するらしい。ここ数日職人が家を訪れてエルドと寸法を測ったり図面を描いたりしている。冬の間に着工して、春になる頃には完成している予定だ。

楽しみでならない。

家が大きくなってしまうのは少しさみしい。けれど、二人で暮らすためだ。将来がどうなるかまったくわからないが、もし家族が増えるようなことがあったら、またさらに改築するかもしれない。

森の中の、わたしたちの家。

芋をあらかた掘り終えた。太陽はいつの間にか頭上高くで輝いていた。

「今日のお昼は焼き芋にしよう」

エルドが言った。

「焚き火で焼いて、バターをのせて食べよう。素材が活きた素朴な味だよ」

想像して、ネヴィレッタは唾を飲み込んだ。森で採れるもの、畑で穫れるもの、エルドが用意してくれるものは大抵焼いただけでもおいしい。昼に焼いた後、夕飯に、翌朝のご飯に、さらに次の昼ご飯に、としばらく同じ食材が続く日もあるが、エルドは料理がうまくてネヴィレッタはまったく飽きない。

「夜はシチューに入れて、朝はペーストにしてパンに塗って、お菓子にスイートポテトを作ってさ。甘辛い煮物にするのもいいね」

「天才だわ」

エルドがきょとんとした。ネヴィレッタはちょっと驚いた。何か変なことを言ってしまっただろうか。

「エルド？」

ややあって、彼が微笑んだ。

「魔法使いとして天才と言われたことはたくさんあるけど、料理する人間として天才と言われたのは初めてだ」

ネヴィレッタも笑った。

「毎日作るよ。毎日一緒に食べよう。そして君をもっと太らせる」

「出されたらきっと我慢できないわね、おいしいんだもの」

「いいね。ご飯がおいしいというのはいいことだよ。とってもいいことだよ」

二人はしばらくお互いを見つめ合っていた。そしてふと言葉が途切れた時、図ったように顔を近づけ、相手の唇に唇を寄せた。

「平和だね」

「本当にね」

静かな静かな、森の秋だった。

# あとがき

このたびは、この作品をお手に取ってくださいまして、まことにありがとうございます。世の中にはあとがきから読まれる方がいるとお聞きしたことがありますので、ネタバレにならない範囲でこの作品の裏話を致します。

この作品のWeb版が受賞して書籍化の検討が始まった時、最初の打ち合わせで担当編集者様から「土を操るキャラというともっと穏やかでおとなしいイメージがあるのですが、どうして最強という設定にしようと思ったんですか?」というご質問をいただきました。

私は静岡県民です。小さい頃から南海トラフ地震の恐ろしさについて語り聞かせられて育ちました。地震だけではありません。静岡には台風がたくさん来て、土砂災害が起こります。富士山《ふじさん》もいつかは噴火するでしょう。我が故郷において、大地とはいつか人間に牙を剝《む》くもの、とても強大で畏怖される存在です。

また、私はここ何年かポケモンGOにはまっているのですが、じめんタイプのポケモンはとても強力なわざを使います。じわれ、じしん、だいちのちから……。

そういうわけで、四大元素で一番強いのは圧倒的に地のエレメントだろうと思い、地属性のエルドには神にも等しい力を備えてもらいました。

しかし、じめんタイプには体が大きくて心優しいポケモンが多いです。私が好きなポケモンは背中に草木を生やしていて、そこに小さなポケモンを住まわせているのだそうです。強くて大きなポケモンが心優しいトレーナーに出会って静かに暮らすことを選択した時、世界は平和になると信じています。

本作に関わってくださったすべての方々に御礼申し上げます。デビュー作以来何年も新刊を出せず作家として一度死を迎えたこともありましたが、皆様に支えられてここまでやってこられました。主人公二人を美しく描き上げてくださったイラストレーターのボダックス様にも感謝を申し上げます。

丹羽《にわ》夏子《なつこ》

＜初出＞

本書は魔法のｉらんど大賞 2022 小説大賞で＜恋愛ファンタジー部門　特別賞＞を受賞した『不遇の令嬢とひきこもり魔法使いはふたりでのスローライフを目指します』に加筆・修正したものです。

魔法のｉらんど大賞 2022

https://maho.jp/special/entry/mahoaward2022/result/

メディアワークス文庫
# 不遇《ふぐう》令嬢《れいじょう》とひきこもり魔法《まほう》使《つか》い
ふたりでスローライフを目指《めざ》します

丹羽夏子《にわなつこ》

2023年10月25日　初版発行

発行者　山下直久
発行　株式会社KADOKAWA
〒102 - 8177　東京都千代田区富士見2 - 13 - 3
0570-002-301（ナビダイヤル）
装丁者　渡辺宏一（有限会社ニイナナニイゴオ）
印刷　株式会社暁印刷
製本　株式会社暁印刷



●お問い合わせ
https://www.kadokawa.co.jp/（「お問い合わせ」へお進みください）
※内容によっては、お答えできない場合があります。
※サポートは日本国内のみとさせていただきます。
※Japanese text only

※定価はカバーに表示してあります。


Printed in Japan
ISBN978-4-04-915295-1 C0193

メディアワークス文庫　https://mwbunko.com/

本書に対するご意見、ご感想をお寄せください。

**あて先**
〒102-8177　東京都千代田区富士見2-13-3
メディアワークス文庫編集部
「丹羽夏子先生」係

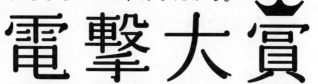